Gudbergur Bergsson
Der Schwan

Gudbergur Bergsson

Der Schwan

Roman

Aus dem Isländischen von Hubert Seelow

Steidl

Titel der isländischen Originalausgabe: »Svanurinn«,
zuerst erschienen im Verlag FORLAGID, Reykjavik
Copyright © 1991 Gudbergur Bergsson

Der Verlag dankt der Stiftung zur Förderung Isländischer Literatur,
die diese Übersetzung finanziell unterstützt hat.

1. Auflage 1998
© Copyright für die deutsche Ausgabe:
Steidl Verlag, Göttingen 1998
Alle deutschen Rechte vorbehalten
Umschlaggestaltung: Klaus Detjen
unter Verwendung eines Fotos von Jock Sturges
Satz, Druck, Bindung:
Steidl, Düstere Straße 4, D-37073 Göttingen
Printed in Germany
ISBN 3-88243-607-7

I.

Schon als der Omnibus losfuhr, fing das kleine Mädchen an, sich nach den Steinen und dem Meer zu sehnen, und die Sehnsucht wurde noch schmerzlicher, nachdem man dorthin gekommen war, wo das Gras wächst, die Vögel singen, der Fluß fließt und die Sonne auf Teichen und Mooren glitzert. Neben den Straßen waren Gräben mit Wasser, und an den Rändern wuchs hohes Gras. Wie sie am Fenster im Omnibus saß und die Wiesen vorbeiziehen sah, nahm sie sich vor, immer an das Meer zu denken, wenn sie diesen Sommer allein war. So dachte sie, und der Omnibus fuhr immer weiter vom Meer weg, und die Wolken schickten schnell fliegende Schatten über das Land. Die grauen Schatten zogen über das Gras, und es wurde mit einem Mal dunkelgrün, doch dann bekam es wieder seine richtige Farbe. In den Sonnenschein danach schlich sich ein klein wenig Trauer, die durch die Schatten, das Flachland und die Weite verstärkt wurde. Das war nicht die Weite des Meeres, sondern die der Erde, die ständig größer wurde, denn es kam immer neues Land, und der Omnibus würde es nie durchqueren können und ans Ziel gelangen, wegen der Berge, Moore und Flüsse. Er fuhr auf einer Straße, die in unzählige andere Straßen überging. Manche führten über hohe Brücken, und dann versuchte sie, einen Augenblick ins Wasser hinunterzuschauen, das in schnellem Wirbel dahinfloß und so tief wurde, daß sie Angst bekam und dachte, es reiße sie mit. Sie schloß die Augen, spürte das tiefe Wasser und machte sie schnell wieder auf, damit sie nicht in den Flüssen unter den Omnibusrädern und Brücken verschwand.

Die Kleine wußte, auf dem Land würde es einen weißen, reißenden Fluß geben, und sie versuchte unterwegs im Omnibus, ihn in ein Meer zu verwandeln. Das mißlang, weil das Meer endlos, weit und grün war, und sie sich den Fluß nur als langen, schmalen Wasserstreifen vorstellte. Er hatte so wenig Ähnlichkeit mit dem Meer, das keiner überqueren konnte. Den Fluß konnte man überqueren, auf einer Brücke und in einem Boot, und mit den Gedanken ohnehin, auch wenn er schließlich verschwindet. Das wußte sie, daß der Fluß am Ende aufhört, ein Fluß zu sein, und zum offenen Meer wird. Weil er aufhört zu fließen. Und dafür hohe Wellen hat, je nachdem, wie die Stürme blasen.

Als sie abfuhr, brachte ihre Mutter sie zum Busbahnhof und sagte:

Das ist das erste Mal, daß du von daheim von deinen Eltern weggehst und aufs Land fährst, versuche deshalb, dich dort wohlzufühlen. Sei höflich und benimm dich allen gegenüber gut, dann vergißt du, was du getan hast. Und wenn du wieder nach Hause kommst, haben es alle auch vergessen.

Dann nahm sie sie in den Arm und flüsterte:

Wir vergessen genauso gern, wie wir uns erinnern, Liebes.

Bevor ihr Vater zur Arbeit ging, hatte er am Morgen, als sie sich zum ersten Mal gleichzeitig anzogen, gesagt:

Wenn du tüchtig bist, behält dich der Bauer vielleicht den ganzen Winter über und zahlt dir Lohn.

Kaum hatte er das gesagt, da füllte sich ihr Mund und Hals mit weichen, trockenen Steinen, eigenartigen Kieseln, die sie nur mit großer Anstrengung hinunterschlucken konnte.

Danach sprachen sie ganz sachlich darüber, daß sie auf dem Land viel verständiger und reifer werden würde, die Luft dort sei viel gesünder als hier und die Leute seien sorglos und gut.

Auch wenn das vielleicht nicht ganz stimmt, ist es trotzdem richtig, daran zu glauben, sagte ihr Vater.

Auf seltsame Art und Weise und voll Freude begann sie, undeutlich Gras, Tiere, Berge und Menschen wahrzunehmen, die im Licht des Morgens leuchteten. Das war ein Gefühl, das sie zu vermeiden suchte wie das Weinen.

Die Kleine war froh und traurig zugleich. Das spürte sie im Omnibus, und sie atmete tief ein, während er an den Häusern vorbeifuhr. Danach flüsterte sie sich selbst zu, weil die Reise eine endlose Abschiedsstunde war:

Nie, nie. Der Omnibus fährt nie mehr an diesem Felsen vorbei, ich sehe nie mehr diesen braunen Vogel, der jetzt wegfliegt, ich werde nie mehr an diesem Berg entlangfahren. Ich sehe das nur einmal in meinem Leben, jetzt und nie wieder.

Ihre Augen bekamen das Gefühl, daß sie nach und nach sterben würde, während der Omnibus immer weiterfuhr auf der Straße.

Und falls ich je wieder nach Hause fahre, wenn ich groß bin, dann heißt mich dieser Vogel nicht willkommen. Er wird längst tot sein, ohne gewußt zu haben, daß ich einmal in einem Omnibus saß und ihn sah. Wahrscheinlich werde ich auch diesen Felsen, den Berg und sogar das Meer vergessen haben. Auf dem Weg nach Hause sehe ich nicht genau dasselbe, was ich auf dem Weg von daheim fort gesehen habe. Deshalb, weil der Omnibus in entgegengesetzter Richtung fährt zu der, wie er jetzt fährt, und ich sehe alles anders und glaube, der Felsen sei ein neuer Felsen, der Berg ein anderer Berg. Ich bin dann schon groß und alles ist viel kleiner und niedriger geworden als bei meiner Hinreise. Die Rückfahrt wird ganz anders als die Hinfahrt, obwohl die Straße dieselbe ist, die Straße, die von zu Hause weg und wieder nach Hause führt.

Und nun verabschiedete sie sich durch das Fenster hinaus von allem, was sie zum letzten Mal sah. Es kam ihr so vor, als verwelke sie und sterbe im Sonnenschein, während dunkle Wolken über das Land dahinsegelten. So fuhr sie von den Meereswogen zu grünen, gerundeten Anhöhen.

Als der Omnibus an den letzten Häusern vorbeigefahren war, wurden sie zu einer Erinnerung, an der sie sich festhielt, doch dann wurden sie von einem Nebel aufgesogen und sie konnte sie sich kaum mehr in Gedanken vorstellen. Es war, als ob die Häuser und die Leute in ihnen gestorben wären, als sie wegfuhr. Alles starb, je weiter man kam. Sogar das Haus daheim hing irgendwie in der Luft, wie ein blasses Trugbild, nachdem man aufs Land gelangt war.

Die Vögel, die über das Gras flogen, waren leicht und klein, nicht so wachsam wie die schweren Seevögel mit ihren breiten Flügeln. Sie flogen schnell vor dem Omnibus davon, waren eher nur Geräusche, ängstliche Schreie, als wirkliche Vögel. Sie waren ganz anders als die Möwen, die das Meer in den Schwungfedern hatten und es von dort zum Himmel hinaufschleuderten. Sie schlugen beim Flug auf ähnliche Weise mit den Flügeln, wie das Meer sich in langsamen Wellen hebt. Ihre Augen waren eine Uhr, die keine Zeit mißt. Doch die lebhaften kleinen Vögel dachten nicht. Sie waren wie kleine Steine, die ein unsichtbares Wesen oder ein Geist in blinder Wut aus der Erde herausgeschleudert hatte.

Je weiter der Omnibus fuhr, desto klarer wurde, daß es keinen Weg zurück gab. Die Feuchtigkeit vom Meer war aus dem Luftstrom verschwunden, der durch das halboffene Fenster hereindrang. Hier und da sah man auf dem grünenden Land die ersten Zeichen für die Ankunft des Frühlings, und der Luftzug trug die nicht salzige, fremde Feuchtigkeit von sich erwärmender Erde mit sich. So weit das Auge reichte, herrschte die Ruhe des Landes, und nicht das einschläfernde, geheimnisvolle Seufzen, das vom Meer her dringt, wenn sich nach einem stürmischen Winter eine schwere Frühjahrsruhe über es breitet. Die Erde erwacht im Frühjahr zum Leben, und zur gleichen Zeit stirbt das Meer, oder es fällt in tiefen Schlaf. Es wird einem blauen, pulsierenden fließenden Tier ähnlich, das ruhig daliegt. Trotzdem hat es auch Augen und ist jederzeit bereit, fauchend auf den Strand loszugehen.

Das Mädchen sah das grünblaue Tier in Gedanken vor sich, wußte aber nicht, von welcher Art es sein mochte. Es war eine Mischung zwischen einem Ungeheuer und einem treuen Haustier, aus Wasser geformt und aus einem Traum geboren. Ein solches Tier konnte man leichter spüren als sehen.

Plötzlich fing sie an, innerlich vor sich hin zu heulen, ohne daß man es hören konnte. Sie heulte über alles, was sie sah. Sie heulte langgezogen, still, mit der Hand vor dem Mund, so daß man meinen konnte, sie singe, und sie betrachtete das Land, die Höfe und die Hauswiesen, die ganz bestimmten Leuten gehörten, und niemand anderem. Diese Leute wurden Bauern genannt. Doch das Meer gehörte allen gemeinsam, keiner konnte sich dort ansiedeln oder dort seine Haustiere weiden lassen. Das Meer konnte niemandem gehören, denn es strömt ununterbrochen zum Himmel hinauf und wieder zu sich selbst hinunter, auf unsichtbare Weise in Sonne und Regen.

Das Meer kann genausowenig jemandem gehören wie die Liebe des Menschen, so wie du keinem Mann gehören kannst, auch wenn er dich heiratet und du ihn, hatte ihr Vater gesagt.

Das Mädchen heulte still, während sie über das nachdachte, was sie wahrnahm, aber sie saß immer ruhig und gerade da, während der Omnibus unbarmherzig weiterfuhr.

Bisweilen hielt er an, Leute stiegen aus und andere kamen herein und fuhren ein Stück weit mit. Hunde kamen von den Höfen über Hänge und Hauswiesen herabgelaufen, entweder um zu bellen oder um die Aussteigenden zu begrüßen. Das Mädchen freute sich nicht darüber, die ungezügelte Freude der Hunde zu sehen. Sie wußte, daß sie keiner begrüßen würde, wenn sie endlich am Ziel war, nicht einmal ein Hund.

Es war leicht zu erkennen, daß der, den die Hunde begrüßten, wirklich daheim angekommen war. Er lächelte so, als ob er es an ihren Liebesbezeugungen spüre, schimpfte sie aber zum Schein aus.

Das Land war so anders als das Meer.

Die Kleine wußte, auch wenn sie auf der Stelle nach Hause zurückkehrte und zum Meer hinunterginge, würden keine Fische an den Strand geschwommen kommen, um aus Freude über ihre Rückkehr mit dem Schwanz zu schlagen. Keiner begrüßt den, der ans Meer tritt. Wer das tut, spürt nur in seiner eigenen Brust Freude darüber, wieder die nasse Meeresfläche anzutreffen, die zurückgeblieben war, als er wegging.

Das ist der Unterschied zwischen dem Meer und dem Land, dachte sie.

2.

Plötzlich spürte das kleine Mädchen in der Brust jene unendliche Härte, die immer nahe daran ist, sich in Wasser zu verwandeln. Doch man hält sie im Zaum, solange andere in der Nähe sind und es sehen. Man verbirgt die Veränderung, bis man allein ist und keiner sehen kann, wie man blind wird in seiner eigenen Tiefe und sich weit entfernt von sich selbst und anderen. Man lauscht und späht gleichzeitig herum. Eben deswegen saß sie während der ganzen Fahrt schweigend da und sammelte das, was sie später verdauen und sich im stillen von der Seele weinen wollte, und es schien ihr, als sei sie in einem Käfig auf Rädern unterwegs.

Ein Fahrgast, der vor der Kleinen saß, begann, lauthals vom Land, von der Sonne und von der Erde zu singen, während sie ihre Limonade trank. Sie sah mit eigenen Augen und hörte plötzlich mit den Ohren, was bisher nur in Gedichten und Geschichten existiert hatte, die sie in den Schulbüchern gelesen hatte. Sie war jetzt in der Gegend, von der die Gedichte handelten. Das, was sie sah, machte keinen schlechten Eindruck, wenn man durch das Fenster schaute, während gesungen wurde; hätte sie nur nie ans Ziel kommen und an einem fremden Ort etwas damit zu tun haben müssen.

Über sie legte sich eine dunkle Rauchwolke von dem feuerspeienden Berg, der unvermutet aus Kummer im

Innern des Menschen ausbricht, der zum ersten Mal von zu Hause fortgeht. Und für den Rest der Fahrt lag sie unter dieser dunklen Wolke.

Der Omnibus hielt an, der Fahrer wandte sich um, sah sie gleichgültig an und sagte:

Hier mußt du aussteigen. Man ist schon da, um dich abzuholen.

Daraufhin schaute sie hinaus und sah zum ersten Mal den Bauern. Er wartete allein auf der Straße, und nirgends war ein Haus zu sehen, nur der Fahrweg hinter ihm, der zwischen zwei ziemlich flachen Hügeln verschwand.

Sobald sie aus dem Omnibus ausstieg, steif in den Beinen, konnte sie die Vögel hören, und irgendwie auch die langsam wachsenden Pflanzen. Ein Leben, das sie noch nie gehört hatte, tönte überall aus der Ferne der Gewässer und des begrünten Landes. Es schien aus allen Richtungen gleichzeitig zu kommen, aus der Erde herauf und vom Himmel herab. Zwei verschiedene Klänge verschmolzen in ihren Ohren. Es war ganz anders als dann, wenn sie den Himmel und die Brandung auf den Klippen hörte. Jener Klang hatte mit Getöse alles übertönt, und gleichzeitig verstummte das Land. Das Meeresrauschen war so, wie es war, und der Strand war still in seinem Schweigen.

Der Fahrer war vor ihr hinausgesprungen und hatte eilends ihren Koffer aus der Gepäckluke gezerrt und an den Straßenrand gestellt. Alles, was er tat, geschah ruckartig. Er warf den Koffer dem Bauern vor die Füße. Noch bevor die Kleine guten Tag sagte, schaute sie ihm in die Augen, denn ihre Mutter hatte ihr das eingeschärft und gesagt:

Schau ihm gleich ins Gesicht, bevor du guten Tag sagst. Du hast keine Diebsaugen.

Der Koffer, hier, sagte der Fahrer, sprang schnell wieder in den Omnibus und fuhr ruckartig davon.

Der Bauer trug seine Arbeitskleidung. Das war ein blauer Drillichanzug, und die Jacke war viel verschossener als die Hose. Ihr Rücken war schon fast weiß. Die Sonne hatte die Farbe ausgebleicht, während er sich bei der Arbeit bückte. Jetzt fragte er:

Kannst du deinen Koffer selber heben?

Ja, antwortete sie. Aber nicht sehr weit tragen.

Sie hatten vergessen, sich richtig mit Handschlag zu begrüßen, oder taten es irgendwie flüchtig, indem sie beide gleichzeitig den Handgriff des Koffers berührten.

Du bist stark, sagte er und holte eine Schnur aus der Tasche und band sie um den Koffer, obwohl der ein stabiles Schloß hatte. Dann nahm er ihn mühelos und mit Schwung auf den Rücken und zog ihn noch weiter auf die Schultern hinauf.

Ach, er ist nicht schwer, sagte er und lächelte, als freue er sich darüber, eine Last auf dem Rücken tragen zu dürfen.

Der Koffer war nicht schwer, trotzdem sah der Bauer immer vor sich auf die Erde. Während er ging, war es, als ob er jeden seiner Schritte mitverfolgte, sorgfältig beobachtete, wie er einen Fuß vor den anderen setzte, damit er auf dem ebenen Weg nicht stolperte. Er stellte sich nicht vor, war aber offensichtlich der Bauer auf dem Hof.

Geh mir nach, sagte er. Es ist nicht weit bis zum Haus und nichts fürs Auto. Wir gehen einfach zu Fuß.

Sie ging nicht hinter ihm, sondern ein klein wenig voraus, ein bißchen seitwärts von ihm, und wandte sich manchmal um. Da feuchtete er gerade mit der Zunge seine Lippen an, er feuchtete oft seine trockenen Lippen an, doch er schwieg und wurde nicht langsamer. In der Senke zwischen den Hügeln sah sie, daß der Hof nicht weit entfernt vor ihnen lag, an einem flachen Hang oder auf einer Anhöhe, und auf einmal herrschte um sie herum Totenstille. Der gleichmäßige, schwerfällige und unbeirrte Schritt des Bauern auf dem Weg verstärkte die Stille. Auch der Sonnenschein wurde stärker, und das Licht flutete durch das Schweigen. Als sie zwischen den Hügeln auf die Ebene hinauskamen, glaubte die Kleine, sie müsse in der Weite ersticken. Sie bekam Angst. Die Natur war so schrecklich groß, und sie selbst ganz winzig. Und sie wagte kaum, sich zu bewegen, obwohl sie frei und ohne Gefährdung durch den Verkehr umherlaufen konnte. Trotzdem lief sie nicht. Sie wußte, daß sie in die Weite hinaus gekommen war, zu anderen, die sie durch Pflichten daran hinderten, sich frei zu bewegen, und sie ließ den Bauern an sich vorbeigehen und ging hinterher.

Es kam ihnen ein Mann auf dem Weg entgegen. Der Bauer blieb stehen und stand gebückt mit dem Koffer auf dem Rücken da, während sie sich unterhielten. Obwohl er sich mit dem Mann unterhielt, war es, als spreche er mit niemandem, mit seinen Zehen oder mit der Erde. Das Mädchen verstand nicht, worüber sie redeten, außer, daß sie von irgendwelchem Vieh sprachen. Der Bauer schwitzte nicht unter der Last, aber er kratzte sich oft am Kinn, indem er es an der Kofferecke rieb, die über die Schulter vorstand. Dabei verzog er das Gesicht.

Sie sah sich um, während die Männer miteinander sprachen. Neben dem Weg war ein ziemlich tiefer Graben, und unten in ihm Wasser mit einer schillernden, bräunlichen Schicht auf der Oberfläche. Die Erde an den Rändern war beinahe rot. Als sie sich genauer umschaute, sah sie, daß die Weite nicht ununterbrochen war, sondern von Gräben durchzogen. Dennoch war es kein Ozean von Mooren und Gewässern, sondern es konnte sich nicht entscheiden, ob es Meer oder Land sein wollte. Es war unsicheres Überschwemmungsland. Nur der Weg war sicher unter ihren Füßen und führte durch die Sümpfe. Als sie länger in alle Richtungen blickte, ging ihr auf, wie bedrohlich die Weite sein konnte, obwohl sie an den Bergen in der Ferne endete. Sie behinderte nicht die Augen und den Blick, doch für die Füße war sie unwegsam.

Bei diesem Gedanken wurde sie von dem Gefühl gepackt, daß sie sich emporhebe oder in schwindelnde Höhen hinaufschwebe und binnen kurzem nach unten stürzen werde, und dann würde die Erde sie verschlingen. Es wurde ihr ein wenig übel und sie streifte sicherheitshalber mit den Schuhsohlen über den Weg, der wie ein schmaler Strich von der Landstraße zu den Höfen der Gegend führte. Da verabschiedeten sich die Bauern gerade, und der eine sagte:

Vielleicht schaust du für mich nach dem Vieh.

Dann fragte er ganz plötzlich:

Ist das das Mädchen, das du bekommst?

Ja, sagte der mit dem Koffer.

Sie gingen ihres Wegs, ohne weitere Worte zu wechseln. Da sprang plötzlich ein Hund aus einem Graben herauf und begleitete die Kleine und den Bauern. Ehe sie sich's versah, waren überall Hunde. Einer schien sogar unter einem Stein hervorzukriechen. Sie liefen dem Mann mit dem Koffer nach. Der, der aus dem Graben heraufgekommen war, war naß, schmutzig und außer Atem und tat, als gehöre ihm der Bauer, der mit ihm zu sprechen begann und ihn gutmütig zurechtwies. Der Hund ließ die Zunge hängen vor Freude über die Schelte.

Das kleine Mädchen empfand Widerwillen. In Gedanken rümpfte es die Nase über die zottigen Tiere. Und nun fingen die Schafe, die am Weg weideten, an, eines nach dem andern den Kopf zu heben und zu schauen, wie der Bauer an ihnen vorbeispazierte. Er rief ihnen etwas zu, und sie fingen gleich an zu blöken und zu scheißen, und der Hund schüttelte den Kopf vor Freude.

Das sind die gesunden und harmlosen Freuden des Landlebens, dachte sie, doch selbst die scheuen Vögel machten ihr keine Freude. Sie flogen aus den Grashökkern am Wegrand auf, die gelbgrün von dichtem, verdorrtem und sprießendem Gras waren, und erschreckten sie.

Plötzlich streckte der Hund die Schnauze vor in den Wind, der ihm über das Fell strich und es nach hinten kämmte. Er schnupperte in die Weite und schloß die Augen.

Na, sagte der Bauer und feuchtete seine Lippen an.

Das schien der Hund zu verstehen, und er begann, heftig zu bellen. Die Kleine wünschte sich, daß der Weg endlos wäre, daß sie ihn nie verlassen müßte, um in ein Haus hineinzugehen, daß er nirgends endete und ihre Reise nur eine Zeichnung auf einem Block wäre: sie, der Bauer, die Hunde, die Sonne, die Schafe, der Hof und die Gegend darum herum. Wenn es so wäre, würde sie die Zeichnung sofort ausradieren. Aber sie kamen den Häusern immer näher. Schon bald war nichts mehr übrig vom Weg, und eine Frau mit kalter, feuchter Hand begrüßte sie.

Guten Tag, sagte sie. Bist du das neue Mädchen?

Der Bauer stellte den Koffer auf die Erde und sperrte den Mund auf, obwohl er nicht außer Atem war. Das Mädchen glaubte, er würde die Mütze abnehmen und sich am Kopf kratzen, doch er stöhnte nur und bat um Kaffee.

Äh, sagte er und fügte noch einige Laute hinzu.

Warum hast du sie nicht mit dem Auto abgeholt? fragte die Frau und führte das kleine Mädchen in ein Zimmer mit zwei Betten. Sie zeigte auf eines von ihnen und sagte:

Das ist dein Bett.

Der Bauer maß den Koffer mit den Augen und schob ihn dann unter das eine Bett. Die Kleine erschrak. Es konnte keinen Zweifel mehr daran geben, sie war jetzt auf dem Land. Ihre Mutter hatte gesagt, daß dort die Koffer immer unter den Betten aufbewahrt würden, und wenn sie hervorgezogen würden, seien Staubflocken darauf vom Unterbett. »So war das, als ich auf dem Land arbeitete, und es ist sicher immer noch so. Auf dem Land ändert sich so etwas nie.«

Der Nachmittag verging ganz langsam, und die Kleine saß meist auf dem Bett. Sie versuchte, leise zu atmen, um die Stille nicht zu verscheuchen. Der Bauer und die Frau schienen gestorben zu sein. Sie regten sich nicht. Die Zeit verging, ohne daß irgendein Lebenszeichen zu hören war. Sie schlich vorsichtig zum Fenster und sah, daß der Hund schlief und die Schnauze auf eine seiner Pfoten gelegt hatte. Die Zeit verging so langsam, daß sie stillzustehen schien. Das Mädchen sah auf der Uhr, daß die Zeit verging, und die Sonne wanderte an den Fenstern auf zwei Seiten des Hauses vorbei. Es kam kein richtiger

Abend, aber trotzdem war er da. Da erschien plötzlich die Frau und fragte erstaunt:

Sitzt du hier und gehst nicht hinaus? Du hast doch frei heute.

Die Kleine seufzte, froh darüber, vom Bett aufstehen und sich ungehindert bewegen zu können.

Nach dem Abendessen wurde der Abend zu einem riesengroßen, feuerroten Rachen am westlichen Himmel. Die Kleine schlenderte in der Abenddämmerung um den Hof herum, wie eine appetitlose Zunge, die keine Lust hatte, die Umgebung zu schmecken. Die Frau sah sie forschend an, als sie entdeckte, daß sie wieder auf dem Bett saß.

Du darfst nicht an der Bettdecke kleben bleiben, dann bist du keine große Hilfe bei der Arbeit, und ich versohle dir den Hintern, sagte sie zum Spaß.

Die Kleine blickte zum Fenster. Sie sah die Abendstille draußen und hörte, daß sich das Motorengeräusch eines Autos entfernte. Der Mann und die Frau fuhren irgendwohin und ließen sie allein zurück. Sie dachte, ohne zu denken: Diese Umgebung kann mir gestohlen bleiben.

Dann fing sie an, sich auszuziehen, und schwebte im Halbschlaf eine Zeitlang in der Luft. Als sie von dem Flug zurückkehrte, bevor sie einschlief, beschloß sie,. vom Haus daheim zu träumen. Sie nahm sich vor, in Zukunft im Schlaf in der Nacht dort zu bleiben, auch wenn sie im Wachen am Tag arbeiten mußte, vielleicht ihr ganzes Leben lang.

Doch sie träumte etwas ganz anderes, als das, was sie sich vorgenommen hatte. Durch die Tür eines großen Hauses, das voller Garnrollen war, wälzte sich ein komisches Gefäß herein, nachdem sich etwas Unverständ-

liches ereignet hatte, als sie einen Mann traf, den sie noch
nie gesehen hatte. Dann geschah nichts mehr im Schlaf in
dieser Nacht.

3.

Als die Kleine aufwachte, gab das Licht keine bestimmte
Zeit zu erkennen. Es war weder Morgen, noch Abend,
noch mitten am Tag. Und sie hatte keine Ahnung, wo sie
sich befand, ob es in der Gegenwart war, am gestrigen
Tag, am heutigen Tag oder in irgendeiner anderen Zeit,
die sie nicht kannte. Das Licht war fremd, es stammte aus
einer anderen Welt als der, die sie gewohnt war, und aus
ihm heraus trat eine Frau und schlüpfte durch eine Türöffnung auf ihrer Brust.

Sie kam bald zu sich, und alles schrumpfte in sie selbst
hinein zusammen. Sie wußte, wo sie war, und spürte zugleich den Geruch von nasser Erde, Tieren und einem
fremden Haus. Es war ganz früh am Morgen, lange bevor sie immer daheim aufwachte. Deshalb kannte sie das
Licht nicht. Die Frau hatte sie aus dem Schlaf aufgeschreckt. Nach der anfänglichen Verwunderung, der Verwirrung und der Zeitlosigkeit des Lichts erwachte die Erbarmungslosigkeit, die von morgens bis abends auf allem
lasten sollte.

Gleich am ersten Tag wurde sie sich selbst fremd. Es
war nicht sie, die sich an diesem Ort aufhielt. Zum ersten
Mal merkte sie, wie einfach es in Wirklichkeit war, Kummer und Schmerz in ihrem Innern zu verstecken, ohne
daß es jemand merkte. Die Leute schauten zwar, aber sie
schauten nicht, um zu sehen, deshalb wurde ihr klar, daß

allein zu sein bedeutete, unter Fremden zu sein und so sein zu wollen.

Sie bekam nicht gleich, nachdem sie aufgestanden war und gefrühstückt hatte, eine besondere Arbeit zugewiesen, aber man hatte ein Auge auf sie. Sie durfte nicht hinausgehen und mußte in der Küche warten, bis sie gebraucht wurde. Sie saß dort auf einer hölzernen Bank und schwieg.

Sogar das Frühstück hatte anders geschmeckt, als es zu Hause schmeckte. Alles war anders: das Licht, der Geschmack, der Geruch, was man sah und fühlte. Die weiße Milch tat einem in den Augen weh. Der Quark verströmte eine unangenehme Kälte. Das Metall des Löffels war härter als das der Löffel daheim, er hatte einen feindseligen Geschmack von giftigem Metall. Alles um sie herum war reine Kälte, Klarheit des Schweigens, und doch war in beidem auch Qualm und Rauch. Die Frau hatte gesagt:

Du mußt tüchtig frühstücken, dann geht es dir gut.

Im Haus roch es nach Hunden, alles hatte einen starken Geruch von Tieren, auch die Frau und der Mann. Das Mädchen erinnerte sich daran, daß ihre Mutter gesagt hatte: »Auf dem Land riecht alles nach Hundearsch.«

Alles war sauber und ordentlich im Haus, aber wenn sie den seltsamen Geruch einatmete, erstickte sie beinahe, deshalb schlich sie mit weit aufgerissenem Mund auf den Gang hinaus zur Haustür, als wolle sie die Umgebung in sich aufsaugen. Sie hielt die frische Luft eine Weile in ihren Lungen und hustete sie dann wieder heraus.

Irgendwie hatte sie sich jedoch auf diese Weise an das Land angepaßt. »Vier Monate«, dachte sie. »Nicht länger.« Dann ging sie wieder in die Küche zurück, setzte sich auf die Bank und wartete auf etwas, wußte aber nicht, was das sein mochte. Sie wartete nur.

Wenig später kam ein Junge vom nächsten Hof hereingestürmt, und als er sie sah, sagte er atemlos:

Komm heraus zum Spielen bei dem guten Wetter.

Er war sauber und adrett gekleidet. Sein Gesicht war wie Schlagsahne, nur die Wangen hatten die Farbe von Erdbeeren. Er versuchte, überall sein Lächeln anzubringen, während er vor sich hin gluckste, wie es kleine, dicke Jungen tun, anstatt offen zu lachen. Das war ein Zeichen absoluten Wohlbehagens, und er zappelte hin und her mit seinem hellen, festen Speck.

Sie ist nicht hierhergekommen, um zu spielen, sagte die Frau schnell. Sie muß arbeiten.

Um ihren Worten Nachdruck zu verleihen, befahl sie ihr, den Abfall hinauszutragen. Das Glucksen des Jungen hörte plötzlich auf, während er die Kleine enttäuscht ansah, und das Lächeln verschwand. Er schien nichts zu verstehen, und sie ging schweigend im Bogen an ihm vorbei. Er wurde wieder eifrig und zappelig, wich aber dennoch zurück. Das Mädchen spürte, daß ein himmelweiter Unterschied zwischen ihnen war, als die Frau ihn ziemlich scharf und höhnisch fragte:

Wird für dich nicht Geld bezahlt?

Der kleine, dicke Junge gab es zu und bekam traurige Augen. Die Grübchen und die Erdbeeren auf seinen Wangen wurden blaß.

Die Kleine hatte noch nie zuvor einen Unterschied zwischen sich und anderen Kindern verspürt. Nun wußte sie, daß es diesen Unterschied gab und daß sie nur sie selbst war, nicht so wie andere Kinder, nur sie allein und selbst. Dadurch wurden ihre Eltern auch zu Leuten, die ihr fremd waren, und dasselbe galt für ihre Geschwister, ihren Großvater und ihre Großmutter. Die schnellen und schonungslosen Worte der Frau hatten die Familie von ihr losgerissen, während sie den Abfalleimer durch den Gang nach draußen schleppte. Wenn sie nichts Schweres in den Händen gehabt hätte, wäre sie sicher umgefallen, hätte dabei den Abfall über sich ausgeschüttet und zu weinen begonnen, gänzlich verlassen, doch der Eimer war so schwer, daß die Mühe und Konzentration, die es brauchte, damit nichts herausfiel, dafür sorgten, daß Geist und Körper im Gleichgewicht blieben. Sie verzog das Gesicht, damit man nicht sehen konnte, wie ihr zumute war.

Wirf den Abfall den Hühnern am Gemüsegarten hin! rief ihr die Frau nach. Sie können sich etwas herauspicken.

Der Junge wurde wieder zappelig, lief voraus und sagte:

Ich weiß, wo man den Abfall hinwerfen muß, ich zeig es dir.

Sie warf den Abfall den Hühnern hin, die sich gleich darüber hermachten. Der Junge war währenddessen mäuschenstill. Doch plötzlich sagte er:

Es lohnt sich, so zu sein, wie du bist, und nicht wie ich.

Sie schaute ihn fragend an, und er fügte hinzu:

Vielleicht bekommst du im Herbst Geld, weil für dich nicht bezahlt wird. Ich weiß, daß ich nichts bekomme.

Sie sah ihn an.

Du verdienst etwas, sagte der Junge. Weil du arbeiten mußt.

Sie sah ihn immer noch an.

Deine Eltern verdienen an dir, fügte er eifrig hinzu. Papa und Mama zahlen drauf bei mir. Das ist der zweite Sommer, in dem sie bei mir draufzahlen.

Sie schaute weg und hatte Mitleid mit dem Jungen und seinen Eltern.

Siehst du nicht den Unterschied zwischen uns? fragte er und fügte hinzu: Bist du stumm?

Die Hühner gackerten um sie herum. Die Kleine wollte den Mund aufmachen, einen Laut von sich geben, wußte aber nicht, was sie sagen sollte. Sie räusperte sich nur. Als der Junge davonlief, versuchte sie, ihr Schweigen mit Worten zu durchbrechen.

Sicher kann ich sprechen, sagte sie.

Ihre Stimme war natürlich und leise. Wegen der unerwarteten Freude, die sie überkam, begann sie, mit den Hühnern um die Wette zu gackern. Manchmal gackerten sie im Chor. Sie lachte. Es war beinahe so, als sei in ihr ein Tier, das gackern, muhen, blöken und wiehern konnte, als sei ihr dies angeboren. Da hielt sie sich die Hand vor den Mund.

Es ist ein kleines Huhn zu uns gekommen, sagte die Frau fröhlich, als sie mit dem leeren Eimer hereinkam. Du wirst dich rasch an das Leben auf dem Land gewöhnen. Die Tiere helfen Kindern.

Sie war freundlich geworden.

Die Kleine schloß kurz die Augen, um sich ein Bild ins Bewußtsein zu rufen, das sich von der Herzlichkeit der Frau unterschied. Es war das ihrer Mutter. Sie war beim Wäschewaschen. Aus der Öffnung der Waschmaschine kam dichter Dampf, in dem sie verschwand. Dort verwahrte sie ihre Mutter, machte dann die Augen auf und lächelte. Von nun an würde sie immer so tun als ob und den ganzen Sommer lang schauspielern, damit sie spielen konnte wie der Junge, aber auf ihre Art, auf andere Weise als er. Es war Ende Mai. Sie war aufs Land geschickt worden, auf einen guten Hof zu Leuten, die aus der Welt schaffen sollten, was sie getan hatte. Und sie mußte für ihren Unterhalt arbeiten.

Während sie vor der lächelnden Frau stand, schickte sie aus dem Kopf rasch ein unsichtbares Gift durch das ganze Haus. Sie vergiftete die Zimmer, die Leute, die Tiere, die Pflanzen und die Luft, lächelte aber trotzdem und fragte:

Was soll ich als nächstes tun?

4.

Gleich am Tag darauf wurde die Kleine hinaus ins Moor geschickt, um ein Pferd zu holen, von dem der Hausherr sagte, es sei torfig. Sie wußte nicht, was das bedeutete, vermutete jedoch, daß torfig irgendeine Farbe war. Sie fragte aber nicht, weil sie fürchtete, man würde sie für dumm halten.

Dann machte sie sich zweifelnd auf den Weg und ging langsam, das Zaumzeug auf der Schulter, über die Hauswiese hinunter. Es war das erste Mal, daß sie den Hof verließ, und sie freute sich darauf, allein sein zu können; sie hoffte, daß die Antwort draußen in der freien Natur leichter zu ihr finden würde als in der Nähe des Hauses, und daß ihr, falls es eine Farbe war, aufginge, wie sie aussah.

Torfig; was ist das? dachte sie, bereit, die Antwort aufzunehmen.

Die Herde weidete unendlich weit draußen im Moor.

Von so weit weg im hellen Sonnenschein gesehen, waren die Pferde unwirklich, in einer anderen Welt der wundersam schönen Vorahnung in ihrem Körper, und sie glänzten in der schillernden Ferne. Bisweilen schien es, als steige die Herde auf von der Erde, als wehe die Luft sie in einem kräftigen, welligen Silberstrom hin und her und mache sie teilweise oder fast ganz unsichtbar. Mit einem Mal schwebten Pferde ohne Beine oder ohne Köpfe durch die wellige Stille. Strahlender Sonnenschein im Gras und am ganzen Himmel. Es war, als hätte man eilends feuchte Hitze aus einem blauen Gewölbe ausgeschüttet.

Kaum war sie durch das Tor der Hauswiese auf das höckerige Moor hinausgetreten, da begann unter ihren Füßen alles zu schwanken und zu schaukeln. Das war kein sicherer Boden, sondern ein festes Gelee, das sich ganz leicht bewegte. Die Füße verschwanden halb in einer rötlichen Brühe, und sie bemerkte, daß diese nach altem, verrostetem Eisen roch. Das braune Moorwasser schwappte gurgelnd über die Gummistiefel herauf. Die Erde jaulte auf unter ihren Füßen, der Schlamm spritzte mit feindseligem Knurren unter den Schuhsohlen weg, und der Morast schien sie verschlingen zu wollen, tat es aber nicht; die Füße blieben immer in einer bestimmten Tiefe stehen. Und die Angst nahm ab, je weiter sie auf dieser seltsamen Mischung von Luft, Schlamm und Wasser vorankam. Bald begann sie, Spaß zu haben an dieser Komödie, wenn die Füße von einer unbekannten Kraft nach unten gesogen wurden, und sie sie dann mit ihrer eigenen Kraft und ihrem eigenen Willen wieder heraufzog. Die Erde gab nach und röchelte, wenn sie über den Matsch siegte. Platsch, platsch-platsch, sagte das Moor bei jedem Schritt.

So stapfte sie weiter durch die Nässe und geriet bald außer Atem, denn sie war den schwammigen Boden nicht gewohnt.

Die Pferde schienen immer gleich weit weg zu sein, so sehr sie sich auch zu beeilen suchte. Das ein klein wenig gewellte Flachland schien den Weg mit jedem Schritt länger werden zu lassen. Die heiße Luft zitterte. Trotzdem konnte man durch sie hindurchsehen, sie war rein, unschuldig und klar. Zu Füßen des Mädchens surrten Schwärme von Fliegen über den Pflanzen herum.

Da hatte sie plötzlich die Herde erreicht, doch nun waren es die Pferde, die auf den Wellen der Luft langsam vor ihr zurückwichen. Sie hörten nicht auf zu grasen, sondern schielten zu ihr herüber, so daß die weißen Augäpfel leuchteten, und wedelten ihr und den Fliegen verächtlich mit dem Schwanz zu. Sie spürte, daß sie sie ärgern wollten und schlechte Laune hatten, weil sie nichts von Pferden verstand und nicht einmal ihre Farben kannte. Sie fand, daß sie in Wirklichkeit alle gleich aussahen oder alle Farben des Regenbogens hatten, außer blau. Ein Pferd von dieser Farbe hatte sie nur einmal auf einem Bild gesehen.

Eines der Pferde wich nicht zurück. Es blieb ruhig stehen, schien zu warten, und sie ging ziemlich zögernd zu ihm hin. Da sah es auf, hob den Kopf in die Höhe und spitzte die Ohren, das Maul feucht vom grünen Gras, sah sie wie ein heiliges Wesen an und stand unbeweglich da, während sie ihm das Zaumzeug anlegte, so wie es der Bauer getan hatte, als er ihr zeigte, wie man aufzäumt; er tat, als wolle er es ihr anlegen, und sagte mit aufreizendem Lachen:

So würdest du von einem guten Bauern aufgezäumt, wenn du eine Zuchtstute wärst.

Der Zaum legte sich mühelos dem Kopf des Pferdes an, wie durch ein Zauberkunststück, und die Trense fand spielend leicht ihren Weg in sein Maul, ohne den geringsten Widerstand. Einen Augenblick lang schienen ihre Hände Flügel zu bekommen, als sie die Trense in das Maul schob, das voll war von einer warmen, schäumenden, grasgrünen Masse. Es ging großartig, das Pferd glich einem braven Kind, das mithilft, wenn man es anzieht. Sie führte es am Zügel hinter sich her zum Haus.

Als sie zum Hof kam, wartete der Bauer und fragte, warum sie das Pferd nicht reite.

Muß man Pferde nicht immer am Zügel führen? fragte sie.

Er lachte, und sie glaubte, er wolle sie das Pferd zurückbringen lassen, denn sicher hatte sie eines von der falschen Farbe geholt. Doch er tat es nicht, und sie versuchte, sich die Farbe zu merken, damit sie wußte, wie ein torfiges Pferd aussah. »Die torfige Farbe ist so«, wiederholte sie einige Male vor sich hin. »Es ist keine bestimmte Farbe, aber es ist trotzdem die Farbe eines bestimmten Pferdes: Es ist ein bräunliches Grau.« Sie freute sich darüber, wie einfach es gewesen war, ein torfiges Pferd zu finden und zu holen. »Vielleicht ist es am einfachsten, Pferde zu holen, die diese Farbe haben«, dachte sie. Sie schienen sich das Zaumzeug irgendwie selber anzulegen.

Der Bauer sagte, es sei das beste, sie aufsitzen zu lassen, um zu sehen, ob sie reiten könne, und er hob sie ohne Umschweife aufs Pferd.

Jetzt wollen wir mal sehen, sagte er mit spöttischer Miene.

Was muß ich jetzt tun?

Sie saß unsicher und zitternd auf dem Pferd und war in einer bisher nicht gekannten Entfernung von allem, luftig, ein wenig ängstlich und schwindlig, freute sich aber insgeheim trotzdem und war stolz auf diesen Sieg. Einen Augenblick lang glaubte sie, ihr Magen wolle durch den Mund hinausströmen wie ein aufgeblasener lila Luftballon. Irgendwo in ihr drin mußte ein heftig zappelnder Fisch sein, denn im Bauch spürte sie die Schwanzschläge eines Fisches, der schnarrende Laute von sich gab: er schien nicht zu wissen, an welchem Ende er aus ihr hinaushuschen sollte.

Plötzlich, ohne daß sie wußte warum, schlug sie mit den Füßen fest und heftig gegen die Seite des Pferdes, das einen Satz über die Böschung hinunter machte und sie abwarf. Während des Sturzes wirbelte etwas in Bruchstücken von ihr weg, die Häuser am Strand, das Meer und ihre Spielkameraden, ihr wurde schwarz vor den Augen und sie fiel ins Gras, in die Welt der Tiere hinein. Schließlich rollte sie nicht mehr willenlos im kühlen Gras weiter, sondern lag auf dem Rücken und sah zum Himmel hinauf. Wie in Trance hatte sie plötzlich die Vorstellung, daß sie gerade eben gestorben sei und zum ersten Mal in eine blaßblaue Ewigkeit mit ein paar Wolken hinaufschaue, doch im selben Augenblick zog der Bauer sie aus diesem friedlichen Gefühl heraus auf die Beine.

Jetzt weißt du, daß die Tiere empfindlich sind, sagte er. Du mußt ein Gespür für sie bekommen.

Sie war unverletzt und konnte aufrecht stehen. Sogar das Genick war in Ordnung, denn der Bauer sagte:

Nein, du hast dir nicht das Genick gebrochen. Man bricht sich nicht immer das Genick, wenn man vom

Pferd fällt. Manchmal kommt es allerdings vor. Aber du bist jung und hast weiche Knochen.

Und der Kopf sitzt noch fest!

Die Frau war sehr nett und empfing sie so freundlich, als sei sie vom Pferd in das Leben auf dem Hof hineingefallen und habe durch ihren Sturz die volle Anerkennung bekommen. Am Abend, als sie ins Bett ging, verschwand nicht alles um sie herum in einem Nebel. Es war jetzt anders als in der ersten Nacht, als sie noch nie zuvor in einer unbekannten Umgebung eingeschlafen war.

Die Schmerzen in ihrem Körper waren unbequem, aber nicht unangenehm. Kaum hatte sie sich müde auf das Kissen gelegt, da wurde sie eins mit dem Atem von jemandem, der noch nicht da war, aber am Tag darauf kommen sollte und sicher am nächsten Abend in dem anderen Bett schlafen würde. Sie hatte den Mann und die Frau davon sprechen hören. Darüber dachte sie nach, und sie wußte nicht, wann der Schlaf sie eins werden ließ mit der Stille draußen vor dem Fenster, der Kühle, dem Gras, dem sanften Wind.

Im Schlaf war es fast so, als ob sie wach liege oder der Schlaf eine andere Art von Wachen sei, viel erfreulicher als das Wachen, bei dem man am Tag wacht und sich abmüht. Der unangenehme Aasgeruch der Hunde war verschwunden. Sie fuhr nicht erschrocken auf, weil Fliegen, die nicht schlafen konnten, im Halbdunkel durch das Zimmer flogen und sich mit kitzelnden Füßen auf ihrem Gesicht niederließen. Mit ihren ständigen Angriffen hatten sie ihr die Nacht kürzer und länger erscheinen lassen. Sie rochen nach Hund und Jauche. Jetzt ließ die Müdigkeit keine Fliegen mehr vorhanden sein. Der Körper des Mädchens schmolz im Schlaf und floß über die Erde, das

Moor und die Berge, bis die Müdigkeit ihn verließ, und dabei nahm er wieder feste Form an und erhielt seine normale Größe. Dann träumte sie, daß aus ihrem ganzen Körper ein Traum herauswachse. Sie tastete rasch mit den Fingern nach ihm und spürte, daß sie überall große Büschel langer Haare hatte, selbst auf den Augen und den Fingern. Dann wuchs das Haar so schnell, daß es sie ganz verhüllte, und sie wurde zu einem winzigen Etwas im Innern des Haarhaufens und dachte verzweifelt: »Ich komme nie hier heraus.«

So erwachte sie jäh an einem neuen Tag. Doch sie war kein bißchen müde und tastete sich vorsichtig überall ab, um nach den Haaren zu suchen. Da merkte sie im morgendlichen Licht, daß sie sicher sein konnte, daß sie wachte und nicht mehr träumte.

5.

Die Vögel hatten sie mit Verwunderung und Angst erfüllt, denn die Erde schien einen Weg für sie zu bahnen, indem sie die Vögel plötzlich vor ihren Füßen in die Luft hinaufwarf, damit sie nicht darüberstolperte. Unvermutet und völlig überraschend schossen sie vor ihr in die Höhe, braun, klagende Steine mit aufgeregtem Flügelschlag. Sie versuchte, diesem weichen Steinregen auszuweichen. Auch nachdem sie sich daran gewöhnt hatte, daß die Vögel aus ihren Verstecken aufflatterten, erschrak sie und bekam Herzklopfen, hatte aber trotzdem ihren Spaß daran und begann, nach ihnen Ausschau zu halten. Sie hatten jedoch genau dieselbe Farbe wie die Erde, und das Mädchen entdeckte sie nie, bevor sie aufflogen. Das schmerzliche Klagen des geflügelten Steinhagels erweckte in ihr Freude, Gier und das Verlangen, die Nester zu finden, das Geheimnis der Vögel zu entdecken; aber sie fand sie nie.

Die Vögel auf dem Land schienen ihre Nester nicht Jahr für Jahr an bestimmten Stellen zu bauen, wie die Vögel daheim. Dort waren sie immer an den gleichen Stellen, entweder in Bäumen oder in Mauerlöchern. Auf dem Land gab es unzählige Verstecke, und das Gras wuchs über die Nester und verbarg sie. Hier war alles irgendwie geheimnisvoll und schweigend.

Als sie über die Weide ging, überkam sie das widerwärtige, kitzelnde Gefühl, daß unter dem gelben, abgestorbenen Gras vom Vorjahr, durch das neues Gras auf den Höckern hindurchwuchs, überall junge Vögelchen seien, so daß sie manchmal kaum wagte, mit dem Fuß aufzutreten, und am ganzen Körper ein Prickeln spürte und sich sündig fühlte, weil sie unter den Schuhsohlen vielleicht Vogeleier zerdrückte oder kleine, halb gefiederte Vögelchen zerquetschte. Dennoch gewöhnte sie sich auch daran, daß die Füße genauso in das abgestorbene Gras einsanken wie in das Moor, und daß sie möglicherweise Eier oder junge Vögel zu Brei zertrat.

Auf dem Land schien die Erde genauso unsicher unter den Füßen zu sein, wie es natürlich war, daß man auf ihr lebte und starb.

Innerhalb kurzer Zeit hatte sie sich auf verschiedene unerwartete Begebenheiten einstellen müssen. Sie war erst spät richtig eingeschlafen, weil sie beim Schlafen andersherum lag als im Bett daheim. Deshalb schien der Körper nicht mehr zu wissen, in welcher Richtung er in den Schlaf hinübergleiten sollte, und wegen der veränderten Richtung der Träume drehten sich die Gedanken ruhelos im Kreis.

Das erste, was sie tat, als sie am ersten Tag hinauskam, war deshalb gewesen, daß sie versucht hatte, sich genau darüber klarzuwerden, in welche Richtung sie schauen und sich drehen mußte, wenn sie an daheim dachte, damit die Gedanken auch ganz sicher dort ankamen. Das war in Richtung Südwesten. Doch sie konnte nicht bis dorthin sehen, nur ein Stück weit, weil ganz in der Nähe, auf der anderen Seite des Flusses, ein hoher Berg war, der sich gegen die Gedanken erhob und ihr die Sicht versperrte.

Der Berg war sicher höher, als er aussah, und sein oberer Teil versteckte sich meist unter einem weißgrauen Wolkenhut. Als sie danach fragte, gab man ihr zögernd Antwort, sagte ihr aber, daß oben auf ihm ein großer See sei, wie auf vielen Bergen in dieser Gegend, und sie seien durch Gänge, in denen unterirdische Flüsse strömten, miteinander verbunden, und die Volkssage berichtete, daß der Wassermann von einem Berg zum andern gelangte und in der Tiefe der Seen wohnte und manchmal gesehen wurde, wie er in Gestalt eines Schwans in der vollkommenen und lähmenden Hochgebirgsstille auf der spiegelglatten Wasseroberfläche schwamm.

Bei den Leuten in der Gegend war es Brauch gewesen, einmal im Sommer, Anfang August, zum Berg zu reiten; sie hofften, den Schwan zu sehen, wie er, mit Wasserpflanzen und Algen bedeckt, aus der Tiefe an die Oberfläche kam und dabei vom Wesen und der Zukunft dessen sang, der ihn erblickte. Nun hatte keiner mehr Lust dazu, auf den Berg zu klettern und etwas in den See zu werfen, am besten eine Blume oder einen Stein von daheim, um das weiße, aber teuflische Geheimnis aus ihm heraufzubeschwören, damit es sagte, was es über andere wußte.

Dieser Aberglaube ist ausgestorben, sagte die Frau. Es macht den Kindern Spaß, im Spätsommer auszureiten, und sei es nur, um sich draußen in der Natur richtig Angst zu machen.

Bei diesen Worten machte es in der Brust der Kleinen einen Ruck, und sie fing gleich an, auf den Tag des Ausritts zu warten. Sie wußte, daß die Angst großen Genuß bereiten kann, vor allem, wenn sie schon beinahe vorüber ist, mit ihren gewaltigen, klebrigen Schwingen, die sich vom starren Körper lösen. Das ist eine herrliche Wiedergeburt. Und deshalb hatte es ihr solchen Spaß gemacht zu stehlen, vor allem in Geschäften, Herzklopfen zu bekommen und sich dann allein mit dem Gestohlenen zu verstecken, aber nie völlig sicher zu sein. Das war, wie wenn man sich einen Weltkrieg und fürchterlichen Tod vorstellte, während man bequem im Bett lag. Sie hatte ihre Eltern nie so lieb, wie wenn sie im Fernsehen Gruselfilme gesehen hatte und wenn in den Nachrichten halbnackte und weinende Menschen von Entsetzen gepackt durch die brennenden, nassen Straßen zerstörter Städte liefen.

Aber vielleicht richtete sich die Liebe oder das Gernhaben nicht auf etwas Bestimmtes.

Sie beschloß, schnell gut reiten zu lernen, damit sie zusammen mit den Kindern ausreiten konnte, und sie wartete voller Ungeduld auf den Tag, an dem der Ausflug zum Berg gemacht werden sollte. Meist färbten sich die Wolken über ihm am Abend rot. In ihrer Vorstellung breiteten sich die Wolken bei Sonnenuntergang über die Welt. Eine Trauer, die etwas von der Unendlichkeit an sich hatte, ergriff sie, bevor der Friede der Nacht einkehrte, und selbst die Hunde schienen sich davon bedroht zu fühlen. Die Stille und Schönheit der Erde machte ihnen angst, denn sie stießen hin und wieder ein furchtsames Bellen aus und knurrten ohne besonderen Grund. Das Hundegebell am Abend war ein Lied der Angst an jene Nacht, die unschuldig, nachdenklich, durchsichtig, in helle Schleier gehüllt zu kommen schien.

Zu dieser Jahreszeit ähnelte die Nacht einem unendlichen Gedanken an gar nichts. Sie war eine völlig leere, sinnlose Erinnerung, meilenweit entfernt von dem, worüber in der Helligkeit des Tages Einigkeit bestanden hatte und was das wichtigste war: daß jedes Ding an seinem Ort einen Sinn hatte. Sie war nur ein Gedanke an sich und reichte nicht über ihre eigenen Grenzen hinaus, schließlich war sie ja auch die nächtliche Helligkeit über der ganzen Welt. Und die Nacht dachte ihren völlig leeren, durchsichtigen Gedanken über sich selbst bis zum Morgen, wenn die Sonne aus den Sumpfwiesen im Osten aufging und allmählich die Gewässer von der festen Erde hob und sie aus ihrer Erdgebundenheit löste. Der Gedanke der Nacht verschwand, und dann war es an der Zeit, das Grübeln und Sinnieren hinter sich zu lassen und sich an die schwere Arbeit zu machen.

Die Kleine trieb die Kühe im Morgenlicht vor sich her, durch einen goldenen, grünen Schwarm von winzigen Fliegen, die sinnlos und harmlos über dem Gras tanzten. Sie gähnte, während sie um sie herum summten, die Schwänze wedelten gleichmäßig hin und her, um dem auszuweichen, was die Kühe fallen ließen; und in einem Zustand wohliger Schläfrigkeit, in dem sie um ein Haar kraftlos zu einem neuen Schlaf zwischen den Grashöckern niedergesunken wäre, zerbrach sie sich den tauben Kopf darüber, weshalb die Kuhfladen aussahen wie kleine, braune, runde Felsplatten aus neuer Lava. Der Geruch ähnelte auch dem, den manchmal von der Sonne erwärmte Steine zwischen verfaultem Seetang ausströmten.

Jeder Ort hat seinen besonderen Geruch, auch wenn es immer derselbe Geruch ist. Die Kühe ließen sich Zeit für ihren Weg auf die Weide, und sie ließ sich ebenfalls Zeit und stellte sich absonderliche Dinge vor und fand, daß Kühe keine Haare haben sollten, sondern dicke Wolle.

Bei dieser Trödelei kam sie auf den Gedanken zu untersuchen, was für ein Traum in der Traumranunkel steckte. Um das herauszufinden, pflückte sie einige von ihnen und wartete ungeduldig auf die Nacht. Kurz vor dem Schlafengehen versteckte sie sich, um die Blumen zu kauen, und ging danach gleich zu Bett, um unter der Decke auf den Traum zu warten. Einen Augenblick lang hatte sie einen angenehmen Traum von nichts, der aus einem feinmaschigen Netz geknüpft war. Dann verschwand er und kam nicht mehr zurück, so eifrig sie auch danach in Senken im Gras liegen und Traumranunkeln kauen und schlucken mochte, weil sie hoffte, so den Traum wieder zurückholen zu können.

Aber wenn sie auf die Blumen um sich herum schaute, bereiteten auch diese ihr einen ähnlichen Genuß wie der Schlaf. Sie wußte nur, wie einige hießen. Allmählich lernte sie die Namen der häufigsten, und durch dieses Wissen wurden in ihren Augen die namenlosen Blumen am schönsten. Wenn sie namenlose, schöne Blumen fand, merkte sie sich die Stelle, damit sie wieder dorthin gehen und die Blumen ansehen konnte, doch tags darauf fand sie sie nicht mehr. Entweder lebten die Blumen nur einen Tag lang, oder sie konnten über Nacht ihr Aussehen verändern und sich so vor ihr verstecken, damit sie sie nicht pflücken konnte. Da fühlte sie, wie undeutlich, vielfältig und versteckt alles in der Natur ist.

Der Knecht, der zur Heuernte kam, schien nichts wahrzunehmen außer der Arbeit, obwohl er schon seit einigen Sommern immer wiederkam, und sie machte es in gewisser Weise auch so und hörte ihm zu, wie er vertraut mit dem Mann und der Frau sprach. Er sah manchmal schweigend mit ihnen fern. Im Fernsehen waren ständig Städte, die zusammenstürzten, und Kinder, die durch die Ruinen liefen. Sie beneidete diese Kinder, die so viele Ruinen mit unzähligen Löchern und wahrscheinlich geheimnisvollen Höhlen hatten, in denen sie spielen und sich verstecken konnten, und wo es sicher richtige Tote und Leichen und Gespenster gab.

Du sollst dieses schreckliche Zeug nicht ansehen, das ist nichts für Kinder, sagte die Bäuerin. Du solltest lieber etwas Schönes in einem guten Kinderbuch lesen.

Sie hatte überhaupt keine Lust zu lesen. Wenn sie nicht sehen durfte, was im Fernsehen gezeigt wurde, stellte sie sich alles noch viel grauenhafter vor, als es war: Kinder, denen die Adern aus dem Körper heraushingen, und das Blut spritzte ununterbrochen aus ihnen heraus auf die brennenden Häuser. Alles roch nach brennendem Blut. Sie lag wie gelähmt auf ihrem Bett und dachte an die Feuerwehrkinder mit all den Blutschläuchen, aus denen es spritzte, bis der Mann und die Frau wieder nach Hause kamen, wenn sie am Abend nach der Arbeit mit dem Knecht auf anderen Höfen Besuche machten. Dann ging sie schweigend zu Bett und schlief ruhig ein in der nächtlichen Helligkeit.

Gleichwohl versuchte sie, ein Buch zu lesen, wenn der Fernseher nicht eingeschaltet war, aber die Ereignisse darin gingen im gedruckten Text so langsam vonstatten, daß sie vor der Fülle schneller Gedanken, die ihr selbst durch den Kopf schossen, kapitulierte. Wenn sie versuchte, die Geschichte zu beschleunigen und mitzuhelfen, sie interessant zu machen, indem sie Wörter übersprang, dann fehlte der Zusammenhang und die Geschichte wurde unverständlich; doch das war häufig am besten. Und wenn sie in Gedanken den Ereignissen vorauseilte, waren sie viel weniger interessant als das, was sie sich vorgestellt hatte, wenn sie dann schließlich nach viel Mühe, unzähligen Worten und langweiligen Sätzen eintraten.

Das Buch, das sie zu lesen versuchte, hieß *Die Glücksinsel,* und es beschäftigte sie sehr, auch wenn ihre Gedanken manchmal abschweiften und die Handlung nach ihrem Gutdünken abänderten. Die Bäuerin fragte sie bisweilen, was sie jetzt gelesen habe, und wenn sie nach bestem Wissen und Gewissen antwortete, sagte die Frau verwundert:

Ja, aber das steht gar nicht in dem Buch. Ich habe es selber auch gelesen.

Die Kleine wurde ganz verwirrt davon, daß sie sich an etwas ganz anderes erinnerte, als sie gelesen hatte. Schließlich legte sie das Buch beiseite, überzeugt davon, daß sie nicht auf die richtige Art und Weise lesen konnte. Sie wollte nicht einmal lernen, wie man richtig las, nachdem die Frau ihr von der eigentlichen Handlung des Buchs erzählt hatte. Sie würde vielleicht ein Buch in der Hand halten, um der Bäuerin einen Gefallen zu tun, und den Blick starr auf die Zeilen richten, oder auch zum

Schein an ihnen entlang gleiten lassen, aber sie würde nie etwas lesen.

Du kannst doch lesen; nicht wahr? sagte der Bauer und schien sich dafür zu interessieren, daß sie las oder zu lesen schien und sich an etwas anderes als den tatsächlichen Inhalt erinnerte. Er wollte mit ihr üben, das, was sie las, richtig im Gedächtnis zu behalten, doch sie brach bei diesem Verhör in Tränen aus.

Er nötigte sie vorzulesen, und sie tat es widerstrebend, dann fragte er sie, und sie erinnerte sich richtig an den Inhalt, doch wenn sie leise oder für sich ohne Anleitung las, dann wurde alles verdreht oder unkenntlich und so seltsam, daß er sich kugelte vor Lachen und manchmal fand, daß ihre Geschichte viel besser sei als die andere, aber trotzdem schlechter, weil sie ganz falsch war, verglichen mit dem Text.

Du kommst wirklich aus einer anderen Welt, wenn du etwas gelesen hast, sagte er und lachte.

Sie antwortete nicht.

Da fragte er vorsichtig:

Liest du still für dich allein anders als laut für andere?

Ja, antwortete sie, und allmählich zweifelte sie daran, daß der Text, den man las, immer gleich blieb und sich nicht ständig versteckte, wie die Schönheit und die Blumen, die sich am Tag, nachdem man sie gefunden hatte, in den Senken der Wiese nicht wiederfinden ließen.

Das Wichtigste ist nicht, lesen zu können und Bücher zu lesen, sagte die Bäuerin, sondern die Wahrheit zu sagen und zu wissen, was richtig und was falsch ist. Das scheinst du nicht zu wissen, weder hierbei noch sonst. Es ist aber zu hoffen, daß das in diesem Sommer ins Lot kommt, daß du den Unterschied zwischen richtig und falsch erkennst. Sonst kommst du völlig auf die schiefe Bahn.

Die Kleine brach wieder in Tränen aus.

Der Bauer stellte sie dann einige Male auf die Probe, völlig fassungslos über diese Entdeckung, daß sie, wenn man sie fragte oder eine Antwort von ihr verlangte, immer das Richtige sagte, auch am Tag, nachdem er ihr laut vorgelesen hatte und sie ihm; dagegen war es weiterhin so, daß keiner die Bücher wiedererkannte, die sie still für sich las.

Du kannst sehr gut lesen, sagte der Bauer. Vielleicht liest du in Gedanken etwas anderes als das, was auf den Seiten steht. Es scheint nicht gegen all das Zeug, das schon in deinem Kopf steckt, anzukommen. Leute von der Küste sind manchmal so.

Als er das sagte, sah sie das endlose Meer vor sich, und sie sagte unwirsch:

Wir brauchen nicht zu lesen.

Warum nicht? fragte er.

Sie wußte nicht, aus welchem Grund es unnötig war.

Möchtest du ein Hohlkopf sein? fragte er.

Sie biß sich auf die Lippe, zwinkerte mit den Augen und räusperte sich.

Du räusperst dich nur, sagte er. Aber im Leben ist das nicht genug für den Mund und den Verstand, um sich damit durchzuschlagen, es sei denn, die Leute sind Unglücksraben und Esel, die es nie zu etwas bringen.

6.

Der Morgen döste im Gras, obwohl die starke Helligkeit schon alle Schatten vertrieben hatte, als das kleine Mädchen aufwachte. Das Licht schien aus allen Richtungen zum Hof zu gelangen, von einem geheimnisvollen Strahlen im All, nicht aber von der Sonne.

Die Kleine fühlte sich irgendwie bedroht von diesem hellen, blendenden Licht und freute sich darauf, in die warme Dämmerung hineinzugehen. Einen Augenblick lang waren ihre Augen mit einer angenehm ruhigen Blindheit geschlagen, als sie den dämmrigen Kuhstall betrat, der von den schweren, feuchten Atemzügen der plumpen Tiere erfüllt war. Bislang fand sie den Umgang mit ihnen angenehmer als den Umgang mit den Leuten. Ihre Neugier, das Stupsen mit den feuchten Mäulern war sogar viel menschlicher als die trockene Aufdringlichkeit und Fragerei der Leute. Die Kühe schnaubten laut, als sie mit ihren feuchten Mäulern nach ihr gestoßen hatten und dann mit der rotweißen Zunge abwechselnd in beide Nasenlöcher fuhren, als ob sie den Geruch, der von ihr ausging, kosten wollten. »Ich wünschte, ich könnte im Innern einer großen Kuh wohnen«, dachte sie. Nur ihren Geruch fand sie ein bißchen abstoßend. Er erinnerte sie an schmutzige Unterhosen.

Gleich als sie eintrat, merkte sie, daß etwas Seltsames im Gange war, aber sie sah nichts. Sie band die Kühe an den vordersten Plätzen los, halb blind an der Grenze zwischen Dämmerlicht und Helligkeit am Eingang, und sie trotteten hinaus und klapperten mit den Klauen, die viel zu klein waren, um ihren schweren Körper richtig tragen zu können. Als sie zu der eigenbrötlerischsten

Kuh kam, die nie mit den anderen zusammen sein wollte, sah sie zu ihrem Erstaunen, daß aus ihr hinten ein feuchter Kopf mit geschlossenen Augen herausstand, der ganz mit Schleim überzogen war. Augenblicklich kam ihr der Gedanke, die Kuh sei in der Nacht verhext worden und habe jetzt zwei Köpfe, und ihr hinterer Kopf sei tot. Sie hatte unzählige Geschichten über verzauberte Kühe gehört, sowohl im Radio als auch bei sich daheim, sogar in Kinderbüchern davon gelesen und selbst in der kurzen Zeit, seit sie auf den Hof gekommen war, die Leute darüber sprechen hören. Vielleicht war es den ständigen Verwandlungen und dem Versteckspiel von Mensch und Tier zu verdanken, daß sie gleich merkte, daß man sich auf dem Land nicht auf die Wirklichkeit verlassen konnte. Sie schaute eine Weile den klebrigen, leblosen Kopf an. Die Kuh drehte ihren vorderen Kopf gemächlich nach hinten, um herumzuschauen und nachzusehen, wie es dem rückwärtigen Kopf ging. Sie wunderte sich sehr darüber, daß er tot war, und hatte sicherlich Angst, denn man sah sehr viel vom Weißen ihrer Augen; sie wollte wohl ihren eigenen Augen nicht trauen und muhte den Kopf an, um ihn zum Leben zu erwecken. Dann schaute sie hilfesuchend auf das Mädchen. Da sah sie, daß der Kopf am Hintern auf sonderbare Weise gähnte oder zu muhen versuchte, doch man hörte nur einen schwachen Laut. Der hintere Kopf war viel kleiner als der vordere und fast ganz haarlos unter dem Schleim.

Die Kleine betrachtete verwundert die Kuh mit den zwei Köpfen. Im selben Augenblick wurde ihr bewußt, daß die Nacht eigenartig gewesen war und das Licht an diesem Morgen äußerst seltsam.

Ohne weiter nachzudenken, lief sie hinaus, um den Bauern zu holen. Der kam schnell in den Stall, packte ohne Umschweife mit beiden Händen das Maul des hinteren Kopfes, stemmte sich mit dem rechten Fuß fest gegen die Kuh und suchte mit dem linken Halt in der Jaucherinne. Dann zog und zerrte er schrecklich und wurde ganz rot um den Mund und die Augen.

Bei dieser Kraftanstrengung drehte die Kuh wieder ihren Kopf nach hinten und blickte völlig ratlos drein. Als sie sah, was der Bauer tat, schnaubte sie. Dann bog sie ihre Zunge zurück und leckte sich sorgfältig, als ob sie mit dem, was an ihrem Hinterende geschah, nichts zu tun habe. Sie rülpste verächtlich, schnaubte vor sich hin und schüttelte den Kopf. Da faßte auch der Knecht über den Händen des Bauern ins Maul des Kopfes, und sie zogen beide daran.

Halt dich an mir fest, Mädchen, und zieh auch, so, so, sagte er lachend.

Sie gehorchte sofort. Im selben Augenblick gingen die Männer ungehindert rückwärts und hätten sie beinahe zu Boden getrampelt, und plötzlich merkte sie, daß der Bauer ein schwächlich aussehendes Kalb im Arm hatte, und die Kuh muhte und machte sich daran, mit viel Knacken in den Gelenken und Scharren der Klauen aufzustehen.

Deine entarteten Kühe haben keine Lust mehr, sich hinzustellen, um zu kalben, sagte der Knecht.

Das Kalb wurde rasch lebendig und begann, sich zu bewegen. Es machte ein paar unsichere Schritte auf seinen Beinen, dann nahm sich die Kuh seiner an, leckte es ganz ab, säuberte es sorgfältig mit der Zunge und fraß, was sie entfernte, kümmerte sich aber nicht um das Zeug, das hinten aus ihr heraushing.

Ja, sagte der Bauer zu der Kleinen, verhexte Kühe mit zwei Köpfen sind seltsam.

Das sind die Frauen auch, wenn es so um sie bestellt ist, fügte der Knecht hinzu und lächelte sie an.

Das kann man wohl sagen, antwortete sie altklug und versuchte zum ersten Mal, einen Spaß wie die Leute auf dem Land zu machen.

Danach brummte sie etwas, blickte verstohlen zur Seite und dann ein wenig nach oben, als ob sie im Kuhstall nach dem Wetter sehen wolle. Die Leute auf dem Land sahen immer nach dem Wetter, obwohl sie den Wetterbericht genau mitverfolgten. Sie blickten sogar nach oben, wenn sie mitten im Gespräch am Eßtisch nachdachten. Sie versuchte sogar, ein bißchen großspurig dreinzuschauen, und grinste, als sei sie an diesem Morgen durch den Umgang mit den Tieren dem wichtigsten Gesetz des Lebens auf die Spur gekommen.

Der Knecht hatte bisweilen versucht, ihr diese Überheblichkeit beizubringen, und feierlich gesagt:

Liebes Mädchen, wenn du willst, daß dich die Leute hier ernst nehmen, dann zünde in der Öffentlichkeit ein Streichholz an, halte es hinter dich und laß einen Darmwind auf die Flamme abgehen.

Er machte es ihr vor. Sie sah, daß die Flamme ein bißchen auflöderte. Als er sie an sich riechen ließ, konnte sie keinen Geruch entdecken. Da sagte er:

Warte nur, meine Liebe.

Sie wartete. Nach einer kleinen Weile hob er wieder das Bein, ließ einen fahren und fragte:

Hast du es jetzt riechen können?

Sie dachte schweigend nach und antwortete mit einer Grimasse: »Und ob.«

Solche Bauchwissenschaften machen den Bauern immer noch Eindruck, sagte er. Aber diese edlen Künste darfst du nie in Heuschobern oder an Tankstellen vorführen. Bei Tanzveranstaltungen auf dem Land sind sie beliebt, wenn die jungen Männer nicht mehr ganz nüchtern sind; Mädchen dürfen den Burschen erst dann damit den Kopf verdrehen, wenn diese betrunken sind. Vergiß das nicht.

Daraufhin mußte sie ihm feierlich versprechen, immer eine Kaffeebohne zu zerkauen, wenn sie groß genug war um einen Mann zu haben, zu heiraten und sich aus reiner Unzufriedenheit mit diesem schönen Leben zu besaufen.

Dein Alter riecht dann abends nie, daß du eine Fahne hast, auch wenn du den ganzen Tag stockbesoffen in der Küche herumgetorkelt bist, sagte er.

Sie gelobte feierlich, immer Kaffeebohnen zu zerkauen, wenn sie besoffen war und es ihrem Mann verheimlichen wollte.

Bringen dir deine Eltern keine solchen Lebenskünste bei? fragte er verwundert.

Nein, antwortete sie.

Kinder in Städten und Dörfern bekommen keine Erziehung mehr, sagte er. Du wirst noch viel Lebenserfahrung sammeln bei deinem Aufenthalt hier diesen Sommer. Im Herbst wirst du ein tüchtiges Frauenzimmer sein.

Sie ahnte irgendwie, daß er recht hatte.

Was aber, wenn ich nicht rauche? fragte sie.

Dann mußt du selbstverständlich immer mit einem zerkauten Zündholz im Mund herumlaufen, antwortete er. Allerdings ist das Zündholzkauen eher etwas für Männer als für Frauen. Zahnstocher sind eleganter und passender für Frauen. Er kaut ständig auf einem Zündholz, und sie muß auf einem Zahnstocher kauen; so soll es sein bei einem guten Ehepaar. Im übrigen vollführen vor allem junge Burschen auf Tanzveranstaltungen diese Kunststücke. Die Mädchen werden ganz verrückt nach ihnen, vor allem nach Burschen, die so im rechten Mundwinkel Streichhölzer kauen, daß man die Backenzähne sieht. Du darfst deinen Mann aber nie auf dem Köpfchen des Zündholzes kauen lassen, denn sonst wird er völlig impotent.

Sie versprach dem Knecht deshalb feierlich, ihren Mann nie auf dem Köpfchen kauen zu lassen, und er versprach, ihr im Laufe des Sommers nicht nur gute Manieren beizubringen, sondern auch die Sitten von verheirateten Männern und Frauen.

Die Sitten der Geschlechter stimmen nicht immer überein im täglichen Leben, sagte er.

Natürlich, sagte sie und ließ den Kopf hängen, weil die Frau des Bauern sie ermahnt und gesagt hatte: – »es ist kein Isländisch, mit dem Wort ›selbstverständlich‹ zu antworten, wenn man seine Zustimmung zu etwas geben will.«

Deshalb, weil nichts im Leben selbstverständlich ist, obwohl wir ein kluges Volk sind, das von den norwegischen Königen abstammt. Richtig ist es, »natürlich« zu sagen.

Die Könige und vor allem die Königinnen sagen immer »natürlich«, hatte auch der Knecht gesagt.

Die Kleine hatte alle Kühe im Stall losgebunden. Während sie sie auf die Weide trieb und ein Auge auf die eigenbrötlerische Kuh und ihr Kalb hatte, dachte sie darüber nach, was die Bäuerin gesagt hatte und der Knecht und ob sie selbst eine verhexte Prinzessin war, die die dreckigen Kuhschwänze ansah, obwohl das weit unter ihrer Würde war.

Als sie bemerkte, daß das Euter der Kuh andere Zitzen hatte als am Tag vorher, fiel ihr das ein, was ihr der Knecht einmal hinter dem Stall gezeigt hatte. Danach betrachtete sie das Euter der Kühe als große Männerblase mit zahllosen kleinen Zitzen.

Männer haben nur eine Zitze an ihrem Euter, hatte er ihr heimlich und im Vertrauen gesagt.

Hinten am Euter waren Zwergzitzen, wie die, die ihr der Knecht gezeigt hatte. Aber beim Melken war seine Zitze plötzlich größer geworden, und sie starrte lange darauf, bis ein paar Tropfen von etwas, das er »Männermilch« nannte, daraus hervorspritzten. Danach wurde sie wieder schlaff, wie bis vor kurzem die Zitzen der Kuh, doch jetzt waren sie alle so steif, wie es die eine Zitze des Knechts gewesen war.

Am Abend sah sie, daß sehr viel Milch aus den vorderen Zitzen der Kuh herausspritzte, als die Bäuerin sie drückte. Sie sagte, daß sie Kühe, die eben gekalbt hätten, immer von Hand melke.

Irgendwann in der Nacht hörte die Kleine ein leises Poltern und Knarren im Schlafzimmer der Eheleute. Im Halbschlaf vermischten sich diese Geräusche mit dem, was sie nach dem Abendbrot zu essen bekommen hatten und was der Bauer Biest und der Knecht Biestmilch nannte. Als sie vom Tisch aufstanden, flüsterte ihr der Knecht zu:

Halte dich bis spät in der Nacht wach, aber tu so, als ob du vor Wohlbehagen schnarchst, dann wirst du ein leises Knarren aus dem Schlafzimmer der Eheleute hören.

Lange versuchte sie, wach zu bleiben, schließlich aber wurde sie todmüde davon, zuzuhören, wie der Knecht ruhig im Schlaf prustete. Im Halbschlaf sah sie, wie er plötzlich seinen nackten Arm in die dämmrige Luft hinaufstreckte und ihn ziemlich lange so hielt, während er schlief, ihn dann aber wieder unter die Decke zog und weiterprustete.

Sie bekam ein ungutes Gefühl im Bauch, als sie sah, wie sich der Arm geheimnisvoll und grundlos hob und ein klein wenig zum Fenster hin neigte, vor dem ein weißer Vorhang hing.

Zweifellos ist alles wahr und richtig, was der Knecht gesagt hat, kam es ihr in den Sinn. Sie hatte selber gespürt, daß sie in ihrem Innern seltsam wurde, als sie die Biestmilch aß. Und zweifellos waren alle seltsam geworden, nicht nur sie, die noch nie diesen seltsamen Pudding gegessen hatte, der in einem kleinen Topf über einem größeren Topf mit siedendem Wasser gekocht wurde, und der kleinere tanzte auf dem sprudelnd siedenden Wasser und machte ein seltsames Geräusch, wenn er leicht gegen den Rand des größeren Topfes stieß, bis die Milch zu einem steifen Pudding wurde.

Das verstand sie nicht und dachte: »Ich bin ein schwieriges Kind; ich bin neun Jahre alt und man hat mich aufs Land geschickt.«

7.

Ihre Mutter schrieb ihr regelmäßig Briefe, alle zwei Wochen, meist darüber, wie gesund es für ihren Geist und Körper sei, bis zum Herbst auf dem Land zu sein. Sie sagte, sie habe aus ihren Briefen herauslesen können, daß sie schon viel reifer geworden sei und viel über das menschliche Zusammenleben gelernt habe – »und jetzt wirst du nie mehr etwas Häßliches tun«.

Kurz bevor sie die Briefe mit »Herzliche Grüße. Deine Mama« schloß, schien sie vorübergehend nicht mehr ganz bei Verstand zu sein, wahrscheinlich meinte sie, sie müsse etwas Hochtrabendes schreiben, um zu zeigen, wie echt ihre Gefühle waren und welch starke Mutterliebe sich hinter ihren Worten verbarg. Deshalb reicherte sie diese mit frommen Sprüchen an. Sie tat das nur in Briefen. Da erzählte sie ihr auch davon, daß die Leute auf dem Land nie etwas aus einem Laden stahlen, sondern das Land bestellten, und gleichzeitig ihre eigenen Seelen, auf dieselbe Weise wie die Hauswiesen, damit die unschuldigen Lämmer im Winter Heu zu fressen bekämen.

»Das duftende, hellgrüne Heu von der Hauswiese unserer Seele, sagen sowohl Lehrer als auch Pfarrer, ist die Ehrlichkeit und das gesunde Denken für unser Volk.«

Dann sagte sie, daß alle wüßten, daß die Mischung von Seeluft und Landluft die weitaus gesündeste Luft hierzulande sei, das stehe in den Gesundheitslehrebüchern. »Dies sind zwei Vitamine aus dem Schoß der Natur, die Gott zusammengemischt hat und mit denen er die Schwäche kleiner Mädchen und ihr Verhalten wiedergutmachen kann. Hier gibt es kein Land außerhalb der Stadt, nur Heideland, das ist zweifellos der Grund dafür, daß die Leute zu Dieben werden. Alle bestehlen alle.

Liebe Tochter, Du bist zweimal mit dem Gesetz in Konflikt geraten, weil Du in acht Selbstbedienungsläden Sandwiches gestohlen hast, ohne jedoch mit dem Diebesgut auf die Straße hinauszugehen, Du wurdest auf frischer Tat ertappt, man hat gesehen, wie Du sie hinter den

Regalen verspeist hast. Als ob Du daheim bei mir und Papa nicht genug zu essen bekämst... Hast Du vielleicht auch alles aus den leeren Marmeladegläsern gegessen, die man unter den Regalen gefunden hat?... Ich finde es schlimm genug, daß Du Sandwiches stiehlst, Du brauchst danach das Diebesgut nicht heimlich unter den Augen der Kunden zu essen. Meine Liebe, das macht kein anständiger Dieb. Du gibst damit ein schlechtes Beispiel. Denn was würde geschehen, wenn die Leute einfach in Läden hineinliefen, wenn sie Hunger bekommen, Sandwiches aus der Theke nähmen und schnell ein paar Dosen aufmachten, denn jetzt braucht man dazu keine Dosenöffner mehr, und sich zwischen den Regalen versteckt satt äßen und dann mit Unschuldsmiene wieder hinausgingen und nichts kauften?... Du mußt auf dem Land auch im Einklang mit der Natur leben – diese große Forderung wird jetzt an alle Menschen gestellt – und selbst mit Gott in Deinem Innern alles ausmerzen, was schlecht ist in Deiner eigenen Unnatur.

All das wünscht und erbittet Deine liebende und liebevolle Mama«, schrieb sie zum Abschluß.

Danach fügte ihr Vater ein paar Sätze darüber hinzu, daß er an ihren Briefen erkennen könne, daß sie etwas reifer geworden sei, »Du schreibst schon recht gut«, und zwischen den Zeilen glaube er zu lesen, daß sie sich prächtig entwickle. »Du wirst sicher Brüste und Hüften haben wie eine richtige Frau, wenn Du nach Hause kommst. Iß tüchtig«, schrieb er und beendete den Brief mit einem Satz, den der Pfarrer zu ihm gesagt hatte, als er konfirmiert wurde: »»Sei getreu bis an den Tod, so will ich dir die Krone des Lebens geben.‹ Mir kommt es immer so vor, als ginge ich seitdem mit einer Krone auf dem Kopf herum. Dein liebender Papa.«

Die Tage vergingen, und sie spürte selber, wie sie sich entwickelte. Sie wurde so unglaublich weit, daß sie spielend aus sich selber, dem kleinen Mädchen, herausschlüpfen und in dem, was sie sagte, der Hausfrau ähnlich werden konnte, und in dem, was sie dachte, dem Knecht. Dabei war es, als ob das Wasser aus ihrer Seele mit der Landschaft zusammenflösse.

Das eigenartige Wasser, mit dem sie angefüllt war, ließ sie einfach in die Kühe, die Blumen, die Moore und den Berg in der Ferne hineinfließen. Das Fließen hatte etwas Trauriges an sich, doch zum Trost konnte man jederzeit allein darin schwimmen oder fliegen, dem Regen entgegengesetzt, aber auf dieselbe Art und Weise, hinauf in den blauen Abendhimmel.

Manchmal, wenn sie am Wochenende frei hatte und faul im Sand am Fluß lag und dem unaufhörlichen Plätschern des grau dahinströmenden Wassers zuhörte, da spürte sie, wie ihre Gedanken zu einer klaren Flut wurden, die dem Himmel entgegenbrauste, doch gleichzeitig quoll eine zweite Flut heraus, die ähnlich und doch anders war, und strömte wie trübes Wasser aus ihren Füßen in den Fluß.

Was ihr dabei die Freude verdarb, war, daß es so viele Mädchen gab, deren Väter Selbstbedienungsläden hatten. Sie wollte aber auch nicht so werden wie die Leute auf dem Land und das gleiche haben wie sie: Wiesen, Pferde, Jeeps und Haustiere. Sie wollte viel lieber von hier weg, konnte aber nicht einmal in Gedanken nach Hause gelangen, weil der Berg den Weg dorthin verstellte. Nur abends konnte sie mit dem Gefühl die Arme auf und ab bewegen und sehen, wie sie sich in leuchtender Glut in die Lüfte erhob. Aber sie kam nie bis nach Hause, sondern fiel hinab und stürzte auf den Berg wie eine schwarze Fliege. Davon wachte sie jählings auf, schlief dann aber doch wieder ein, obwohl sie glaubte, sie könne nie wieder ein Auge zumachen nach diesem schrecklichen, schwindelnd hohen Traum und dem fürchterlichen Sturz hinunter in den Bergsee.

An dem Tag, an dem ich mit den anderen Kindern zum Fuß des Berges reite, gehe ich auf ihn hinauf und fliege von seiner Kante ab, dachte sie undeutlich im Halbschlaf.

Einmal war sie im Moor bei den Torfgräben, vor denen man sie gewarnt hatte, aber sie ging an den Rand von einem von ihnen und schaute in das schwarze Wasser hinunter. Da bemerkte sie, daß dort emsige Käfer herumschwammen, die entweder schnell an die Wasseroberfläche kamen oder in unsichtbare Tiefen hinunter verschwanden. Sie paddelten mit den Beinen im Wasser, als spielten sie ein komisches, lebhaftes und hitziges Spiel. Offensichtlich konnten sie auch auf der Erde gehen, und vielleicht sogar fliegen. Diese vielfältigen Fertigkeiten schienen ihnen unbändige Freude zu bereiten. Das Spiel war aber nicht nur ein Ausdruck von Lebensfreude, sondern es hatte einen bestimmten Zweck: Die Käfer holten an der Oberfläche eine kleine, weiße Luftblase, hängten sie an ihr Hinterteil und verschwanden damit in der dunklen Tiefe.

Vielleicht stehen sie in Diensten irgendeines Ungeheuers im Graben, das man von oben nicht sieht, und holen Luft, damit es atmen kann. Es wagt nicht, selber aus der Dunkelheit ans Licht des Tages heraufzukommen, die Helligkeit würde es töten. Ungeheuer ertragen kein Sonnenlicht. Deshalb bringen ihm die Käfer so eifrig Luft für die Lunge.

So dachte sie, obwohl sie genau wußte, daß dies wahrscheinlich Einbildung und Unsinn war.

Wenn ich in den Graben fiele, würde ich sterben, denn ich käme nie aus eigener Kraft und ohne Hilfe auf den hohen Rand herauf, weil der Graben nicht bis oben voll ist. Ich würde nicht mit den Händen heraufreichen. Ich könnte mich nicht wieder auf den Rand heraufziehen. Die Sonne würde scheinen wie heute, ich wäre allein und keiner würde mich sehen. Keiner würde mich hören, auch wenn ich mich über Wasser hielte und schwömme, um nicht unterzugehen, und den Kopf aus dem Wasser streckte und riefe, kraftlos vor Erschöpfung und Kälte. Wie lange könnte ich mich so über Wasser halten? Über mir wäre ein wolkenloser Himmel, blaue Luft, und friedliche, schöne Blumen wüchsen an den Grabenrändern. Ich würde dauernd schönen Vogelgesang hören, während ich darum kämpfte, die Kraft zum Schwimmen nicht zu verlieren, in der Hoffnung, daß mir jemand zu Hilfe käme. Die Kühe würden vielleicht vorbeikommen, an den Rand treten, hinunterschauen, schnauben, scheißen und Wasser trinken, und die Hunde, die Lämmer und die Schafe würden dasselbe tun, denn sie sind durstig und glücklich bei dem guten Wetter. Aber sie würden nichts tun, um mir zu helfen, außer vielleicht sinnlos zu muhen, zu blöken oder zu bellen. Die Schwimmkäfer würden weiterhin emsig herumschwimmen, um dem Ungeheuer Luft zu bringen, sonst würde es ersticken und ihnen keine Befehle mehr erteilen, und dann wüßten sie nicht, was sie tun sollten, und würden auch verwirrt und hilflos in der Tiefe sterben. Doch sie würden nichts für mich tun, obwohl ich dabei wäre, aufzugeben und an Luftmangel zu ersticken und zu ertrinken. Dann würde ich allmählich ein Rauschen in den Ohren hören und alles verschwommen sehen, das Wasser in mir spüren ... und dann in ihm verschwinden ...

Sie stand in der Nähe des Grabenrandes und trat dichter an ihn heran, während sie ihren Gedanken freien Lauf ließ, kam ihm immer näher, je länger sie mit kalter Verzückung, die ihr innerlich Freude bereitete, nachdachte. Nichts war so herrlich, wie an einem schönen Tag über den Tod nachzudenken, an einem Sonntagnachmittag auf dem Land, wenn man frei hat und nichts anderes zu tun, inmitten von Vogelgesang und dem Duft der feuchten Erde, die mit üppigen Blumen und Pflanzen bewachsen ist. Da ist es das höchste Glück, sich seinen eigenen Tod in einem Torfgraben vorzustellen, während sich die Natur in nachmittägliche Stille hüllt und man selbst voll jugendlicher Kraft ist, weit entfernt von seinen Phantasien, jung und in der Blüte des Lebens.

Nun stand sie ganz vorne am Rand. Sie konnte nicht weitergehen, ohne hineinzufallen, und war mit den Zehen über der Kante und sah deutlich ihr Bild in der stillen Wasserfläche.

Spring hinein, wage zu sterben, sagte sie flüsternd zu sich selbst und spürte schon, wie das Wasser sie umfing, kühl und wonnig, denn nun war alles zu Ende.

Ihr Körper löste sich auf und verschwand in der Bläue. Die Nähe des Todes machte sie ganz verwirrt, als ob sie in einer anderen Welt wäre.

Jetzt ist nur ein kleiner Schritt zwischen Leben und Tod, dachte sie. Oh, mach ihn. Los, mach den entscheidenden Schritt nach vorne und spring in den Graben.

Die Fliegen summten. Der leise Wind erfüllte die Luft mit Blumenduft, und sicher sangen die Vögel mit ihrem Zwitschern davon, wie vergänglich, aber herrlich das Leben ist.

Soll ich den Schritt tun? fragte sie, hob einen Fuß, streckte ihn vor und sah, wie sich die Schuhsohle im Wasser spiegelte.

Die am Rand des Torfgrabens gewonnene Erkenntnis, daß Leben und Tod ganz dicht beieinanderliegen, lähmte sie, und sie legte sich plötzlich erschöpft auf die Erde. Es war so einfach, keine andere Zukunft mehr zu haben, keine andere als jene ganz kurze, den Augenblick, den sie bräuchte, um mit dem einen Fuß einen halben Schritt über den Rand zu machen, zum Ende im Wasser. Der Tod liegt so eigenartig dicht neben dem Leben. Er ist ihm immer auf den Fersen, er wird mit ihm geboren. Manchmal bestimmt er den Lebensweg eines Menschen. Und es ist leicht, vom Leben in den Tod hinüberzugehen, aber unmöglich, von dort wieder ins Leben zurückzukehren, mit nur einer Ausnahme: nur wenn man geboren wird.

Bei dieser Empfindung spürte sie die Hitze von Tränen in ihren Augen, ohne daß sie weinte. Das Universum schwebte auf sie zu. Die Luft drückte sie an jene Erde, die es nicht aus eigenem Antrieb fertigbrachte, sie an sich zu drücken. Sie lag nur kraftlos im Gras und spürte, wie die Erde sie im Geist umarmte, weil sie zuließ, daß sie es tat. In Wirklichkeit muß man alles selbst tun, erkannte sie. Keiner ist einem ein besserer und wahrerer Freund als man selbst. Alle müssen sich in Gedanken Arme anfertigen aus dem Stoff, der ihnen jeweils zur Verfügung steht und auf den sie stoßen, wenn sie von dem, nach dem sie sich sehnen, umarmt werden wollen.

Sie drehte sich um. Sie fühlte sich sicher am Grabenrand, hob den Fuß und beobachtete, wie er sich im Wasser spiegelte.

Man ist am sichersten, wenn man liegt, dachte sie. Wer liegt, fällt nicht.

Wer liegt, hat sich hingelegt, sagte sie zum Wasser. Ich liege bei dir.

Unten in dem tiefen Graben wohnte das Ungeheuer, das sie sich selbst vorstellte, und schickte ständig seine schwarzen Diener aus, die schnell angeschwommen kamen, um Luftblasen zu holen, damit das Ungeheuer weiterhin atmen und ihnen Befehle erteilen konnte ... damit sie blind gehorchen durften, und das Ungeheuer an einem Ort atmen konnte, wo es keiner sieht ...

8.

Als es auf die Heuernte zuging, kam die Tochter der Eheleute in einem kleinen, roten Auto nach Hause, ohne daß sie es angekündigt hatte. Sogleich änderte sich das Leben auf dem Hof. Alle wurden irgendwie fröhlich, nicht nur die Leute, sondern auch die Haustiere, die Natur und Gäste. Sogar das Wetter schien sich zu bessern; es kamen viele trockene, sonnige Tage. Die Tochter hatte die Freude mitgebracht, aber zunächst einmal ging sie keiner besonderen Beschäftigung nach.

Ich bin unendlich müde auf allen Gebieten, sagte sie.

Die Sonne schien, und eines Tages blieb sie nicht mehr liegen, sondern holte ein altes Fahrrad aus dem Schuppen und radelte auf die Höfe in der Umgebung, um sich mit den Nachbarn darüber zu freuen, daß sie gekommen war. Sie drückte es nicht mit direkten Worten aus, sondern indirekt durch ihr Verhalten und ihre Ausdrucksweise:

Nichts ist besser, als in den Sommerferien daheim bei den Eltern zu sein.

Sie schien es zu genießen. Wenn sie die nächsten Tage nicht auf andere Höfe radelte oder über den Vorplatz am Haus, oder mit dem roten Auto Ausflüge in die weitere Umgebung unternahm, dann sattelte sie ihr Pferd und machte einen Ritt ins Blaue. Abends und an Wochenenden unternahm sie dann lange Ausritte mit ihrem Vater. Sie hatten beide gute Reitpferde. Sie ritt an seiner Seite, manchmal lächelten sie einander zu, und ihr Haar und die Mähne des Pferdes flatterten im Wind. Der Vater ritt mit einer alten, aber passend karierten, wollenen Schirmmütze, die er rechts schräg über die Wange herabzog, und wurde so zu einem stattlichen Herrn mittleren Alters, der sich offensichtlich gut hielt und immer noch bei bester Gesundheit war, so daß man glauben konnte, hier sei ein begehrter Mann unterwegs, der Reste von Jugend mit voller Reife und körperlicher und geistiger Erfahrung verbindet, dem aber mehr an der Gesellschaft mehrerer Frauen als an der Ehe mit einer gelegen ist, und dort reite er mit einer neuen Geliebten, und nicht mit seiner Tochter.

Wenn er aus dem Sattel stieg und die Mütze abnahm, verschwand dieser fremde Eindruck von Vornehmheit, und er wurde wieder zu einem gewöhnlichen Bauern.

Das kleine Mädchen hatte noch nie diese Fröhlichkeit kennengelernt, die allen gemeinsam zu sein schien.

Die Freude hatte jedoch auf sie die Wirkung, daß sie ihre Gedanken in eine Dämmerung abdrängte, wo sie in eine seltsame Stimmung kam und allein zu sein versuchte, weil sie nur die Freude des einzelnen kannte, die man mit sich selber oder mit keinem erlebt, und die dem Gesicht ein ruhiges, geheimnisvolles Lächeln verleiht, von dem niemand weiß, wo es herkommt. Es ist nach innen gekehrt und versteckt sich noch mehr, indem es sich traurig auf Lippen niederläßt, die sich verstohlen ein wenig in den Mund zurückziehen.

Man hörte schallendes Gelächter im Haus. Beim Abendessen ging es am Tisch ausgelassen zu, und es wurden dauernd Geschichten über Leute erzählt, darunter auch ziemlich boshafte. Das waren alltägliche, aber gehässige Geschichten über Leute auf anderen Höfen. Die Tochter brachte sie von ihren ständigen Radausflügen mit. Sie schien auf die Nachbarhöfe zu radeln, um von dort komische Geschichten über Leute auf anderen Bauernhöfen, die weiter weg waren, zu holen, und machte sich lustig über die Leute, die sie erzählten. Außerdem konnte sie Mundharmonika spielen. Die Tochter bemerkte, daß die Fröhlichkeit genau umgekehrt wirkte auf die Kleine, strich ihr spöttisch übers Haar und sagte:

Kleiner Griesgram, du hast ein bißchen Verwesungsgeruch vom Meer mitgebracht in deiner Seele.

Aber sie nahm ihre Worte wieder zurück und fügte mit ungewöhnlich sanfter Stimme hinzu:

Ich meine das selbstverständlich nicht – und doch! Man meint alles, was man unwillkürlich sagt.

Die Gedanken der Kleinen konnten nicht ununterbrochen hin und her pendeln, je nachdem, wie Geschichten über Leute, die sie nicht kannte, lauteten. Und sie verstand es nicht, wenn nur in Andeutungen gesprochen wurde, oder warum die Tochter ihr versprach, sie vorne auf dem Rad sitzen zu lassen, wenn sie dies oder jenes tue, um das sie sie unter vier Augen bitten wolle, doch dann rasch ihre Meinung änderte, sobald klar war, daß sie ihre Neugier geweckt hatte:

Nein, übrigens, ich hab es mir anders überlegt ... du mußt verzeihen ..., sagte sie entschuldigend.

Sie lachte und sang, und zuerst freuten sich alle mit ihr, doch schon bald wurde ihre Fröhlichkeit so unbescheiden und schonungslos gegenüber dem, der nicht mit ihr lachen konnte, daß nach einer Woche viele angefangen hatten, vor ihrer Lebensfreude zu fliehen, oder versuchten, so zu tun, als bemerkten sie sie nicht. Gäste sah man fast gar nicht mehr. Da begann die Kleine, lauter als alle anderen zu lachen, und wenn sie in die Nähe der Tochter kam, fing sie rasch an zu lächeln, bereit, über ihre Späße zu lachen.

Du bist so lustig geworden, daß man merkt, daß du einmal eine Bäuerin wirst, sagte der Bauer eines Abends beim Essen. Das Leben auf dem Land hat dich frei gemacht.

Hierauf brach sie zum Zeichen ihrer Zustimmung in schallendes Gelächter aus. Der Bauer erschrak und wußte nicht, wie er auf dieses übertriebene Benehmen reagieren sollte, und schlug nach ihr, doch der Schlag traf sie nicht. Danach wurde er eine Zeitlang ziemlich schweigsam und war immer auf der Hut. Er sah sie forschend an, mit einer Miene, die andeutete, daß es nie möglich sei, etwas vollkommen zu verstehen, man muß nur daran glauben, daß man versteht. Sein forschender Blick, vor allem, wenn sie sich irgendwo begegneten, wo niemand zusah, erweckte bei ihr Schuldgefühle, und sie hörte auf zu lachen, damit sie nicht geschlagen wurde oder irgendeine Geschichte über sie verbreitet wurde, denn alle wußten, weshalb sie dort war. »Wenn ich nicht über den Klatsch über Unbekannte lache und nie eine Geschichte über andere erzähle, dann wird über mich geschwiegen, und man verbreitet hier keine Geschichten über mich, auch wenn ich daheim etwas Erzählenswertes begangen habe«, dachte sie undeutlich.

Einige Tage lang hätte die Kleine den Leuten am liebsten gebeichtet, daß sie sich nur verstelle, daß das Lachen geheuchelt sei, daß ihr alles egal sei, bis auf etwas, das sie keinem erzählen würde. Das Bedürfnis, sich zu offenbaren, war so stark, daß sie es mit einer Härte unterdrücken mußte, die sie noch nie gespürt hatte, und von der sie nicht gewußt hatte, daß sie in ihr steckte. Da beschloß sie, schweigend bis zum Herbst durchzuhalten, allerdings mit einer Reihe von Lachsalven an den falschen Stellen.

Einmal, als sie einfach loslachte, ohne zu wissen, warum, gab ihr die Bäuerin eine Ohrfeige, die lange in ihrem Innern nachhallte, aber sie sagte nichts, obwohl ihr Gesicht brannte und sie fast losgeheult hätte, sondern machte sich wieder an ihre Arbeit. Danach schränkte sie ihr Lachen ganz allmählich ein, damit es keinem auffiel, bis sie ganz damit aufhörte. Die Tochter bemerkte die Veränderung bald und sagte:

Jetzt bist du wieder derselbe Griesgram.

Hört auf, sagte ihre Mutter.

Von da an gelang es der Kleinen, in Gesellschaft anderer angemessen fröhlich zu sein, und ihre schlechte Laune behielt sie für sich. Wenn die anderen abends zu Bett gegangen waren, blieb sie wach, bis alle fest schliefen. Dann stand sie auf und schlich leise hinaus, um den

Berg anzusehen, der am Abend gegen das Licht des Sonnenuntergangs dunkler geworden war. Die untergehende Sonne machte den Himmel unwirklich, und der Berg verdichtete sich, bis er sich von sich selber löste und dunkelblau wurde in der Nacht. Er war kein Berg mehr, sondern nur noch Farbe. Eines Morgens flüsterte ihr der Knecht zu:

Es ist gesund für kleine Mädchen, sich nachts draußen mit nacktem Hintern herumzutreiben, um auf die abendliche Erde Wasser zu lassen, besonders nach Mitternacht. Ich werde dir den Grund dafür jetzt nicht sagen, du erfährst ihn dann, wenn du größer wirst.

Sie lachte nicht. Er sah sie an und fügte hinzu:

Solange man jung ist, gewöhnt man sich unwillkürlich dies und das an, und weiß nicht, warum, aber dann...

Wie zum Beispiel was? fragte sie.

Zu schwindeln, sich Dinge vorzumachen, sich einzureden, etwas gehört oder gesehen zu haben, sagte er. Manche gewöhnen sich eine Unsitte an.

Sie schlug die Augen nieder und fühlte, daß er sie mühelos durchschaute.

Ach, das macht nichts, fuhr er fort. Du hast noch einen weiten Weg vor dir, bis du alt wirst. Das Schlimme im Leben fängt erst dann richtig an, wenn man einigermaßen erwachsen geworden ist.

Dann lächelte er, entblößte grinsend seine kurzen Zähne und drehte sich, Hand und Zeigefinger ausgestreckt, im Kreis.

Sieh die Natur überall! rief er. Oh, diese freie Kreatur setzt immer ihren Willen durch und bittet gefesselte, aber selbstzufriedene Vernunftswesen wie uns nie um Erlaubnis für irgend etwas.

Daraufhin beugte er sich rasch zu der Kleinen nieder und streckte ihr seine Zunge in den Mund. Sie spürte einen Geschmack von Tabak auf der steifen, aber weichen Zunge und einen schmerzhaften Stich weit unten im Bauch. Er lachte.

Die Natur sucht nie um Erlaubnis an, bevor sie sich irgendwo niederläßt, sagte er. Schau sie dir an.

Bei diesen Worten erinnerte sie sich daran, daß der Hund oft ohne erkennbaren Grund herumbellte. Die Kühe brüllten oft laut, ohne daß man wußte, warum. Die Katze miaute immer wieder ganz jämmerlich. Die Blumen wuchsen an den unglaublichsten Stellen. Wie konnte es nur Spaß machen, die Natur zu sein, wenn alles so einfach für sie war? Sie fing an zu verstehen, daß das meiste gegen den Willen des Menschen wuchs, abgesehen vom Gras auf der Hauswiese, das der Bauer gesät hatte, den Bäumen, die die Frau in Reihen gepflanzt hatte, den Gartenblumen und dem Gemüse. Einige der schönsten Blumen wuchsen zwischen wertlosem Eisenschrott und Ölflecken oder auf dem Müll, und in Gedanken sah sie auf einem verblaßten Bild Blumen am felsigen Strand, die sich im Wind vom Meer duckten. Die Nacktheit der Felsen und des Himmels drängte sich in ihren wirren Kopf und vertrieb die Pflanzen, die Tiere und das Lachen der Menschen beim Heuen, das vom Rattern der Maschinen begleitet wurde.

Das Leben ist schwer, sagte der Knecht und grinste. Sei aber sicher, mit den Jahren gelingt es dir, älter zu werden. Mit ihrer Hilfe gelingt alles. Unwillkürlich.

Eine Zeitlang streckte er ihr jedes Mal, wenn sie sich allein trafen, seine Zunge in den Mund, und sagte dann:

Das mache ich nur so. Du bist noch ein Kind, aber wenn du älter wirst, wird dich die Erinnerung an meine Zunge in deinem Mund mit schmerzlichem Verlangen erfüllen bei deiner Suche nach Liebe. Er lachte und sah sie spöttisch an. Dann wirst du nur diese Zunge in Erinnerung haben, nichts außer ihr, auch wenn du heiratest und Kinder bekommst und fremdgehst und zusammen mit deinem Mann beschließt, ein Kind zu bekommen, kurz bevor du zu alt dazu wirst, nur um die Ehe zu retten; nicht aus Liebe, sondern nur als hoffnungslosen Rettungsversuch.

Dann beugte er sich wieder zu ihr hinab und fügte hinzu:

Beiß mir in die Zunge, wenn du sie spürst; aber nur einmal, in die Spitze.

Sie tat es, wenn auch zögernd, und da fing er plötzlich an zu weinen und schickte sie weg. Danach spielte er dieses Spiel nicht mehr und tat eine Zeitlang, als ob er sie nicht sehe.

9.

Die Tochter war auf einmal völlig verändert, und eine Zeitlang bekam man kein Wort aus ihr heraus; anschließend wurde sie übellaunig und sogar bösartig. Dann fing sie an, lange Tiraden von sich zu geben, und ihre Eltern warfen ihr verstohlene Seitenblicke zu und sahen einander erstaunt an.

Sie fuhr jetzt nicht mehr im Auto oder mit dem Rad herum, sondern packte überaus tatkräftig bei der Arbeit zu, vor allem, wenn es nicht ihre eigene war, und wollte alles verändern. Sie war tüchtig in der Küche. Die Leute kamen gar nicht mehr zum Zug, so energisch war sie. Entweder sie hatte die Arbeit schon erledigt, wollte gerade damit anfangen oder sagte barsch, es sei unnötig, sie zu tun. Abends saß sie im Wohnzimmer und machte Handarbeiten. Wenn jemand hereinkam, sprach sie zu ihm wie zur ganzen Menschheit, nicht wie zu einem Individuum.

Beim Essen sprach sie kaum von etwas anderem als von Computern und der Fütterung von Kühen mit Unterstützung eines Futtergabeprogramms, das ihr Freund und Schulkamerad auf einem Hof am Fuß des Berges gerade schrieb. Sie behauptete, endlich steuere die Welt auf eine neue, völlig unbekannte und sicherlich bemerkenswerte Zukunft zu.

Das ist das erste Mal in der Geschichte, daß die Zukunft den Namen Zukunft verdient, sagte sie.

Ihr Vater hörte aufmerksam zu, interessierte sich aber offensichtlich für etwas anderes als die Bedeutung der Worte oder ihre prophetische Kraft. Manchmal sagte er verwirrt:

Ruhig, bleib ruhig!

Da es den Computer erst seit wenigen Jahrzehnten gibt, war unsere Zukunft auf der Erde immer nur eine zufällige Neuauflage der Vergangenheit in unterschiedlich guter Bearbeitung. Aber die Zukunft der Menschheit wird nicht nach irgendeiner Vorlage verlaufen, sagte sie mit ruhiger, kalter Stimme. Die Menschheit steuert zum ersten Mal in der Geschichte über das Sonnensystem hinaus, hinaus über die irdischen Gesetze, hinaus über die natürlich vererbten Eigenschaften zu schönen, verbesserten Eigenschaften und in die Weltraumerfahrung hinein.

Ihre Mutter zuckte mit den Schultern und sagte tröstend:

Versuch, einfach zu essen. Das hat sich für uns immer am besten bewährt, trotz aller Wissenschaft.

Mit computergesteuerten Futtergaben halte ich es für wahrscheinlich, daß es möglich wird, dreimal am Tag zu melken, sagte sie. Warum wird nur zweimal gemolken, am Morgen und am Abend?

Das ist eben so üblich, sagte ihr Vater bedächtig.

Weg mit den Traditionen, sagte die Tochter und machte sich mit der Melkmaschine an den Zitzen der Kühe zu schaffen. Sie wollte sie nicht hinauslassen, sondern sie sollten an die Melkmaschine angeschlossen im Stall bleiben, damit die Milch gleich in den Tank geleitet wurde, sobald sie sich im Euter bildete.

Du machst mir die Kühe kaputt, sagte ihr Vater bedächtig.

Dann machte sie sich am Heu zu schaffen, denn es war Tag für Tag gutes Wetter. Bei allem, was sie anpackte, war sie angeblich so tüchtig wie drei Männer.

Der Knecht beobachtete sie immer und sah sie aus den Augenwinkeln an, grinste und tat, als ob ihre Tüchtigkeit ihn fassungslos mache.

Wann werden uns computergesteuerte Frauen helfen? fragte er.

Dir überhaupt nie, antwortete sie kurz und bündig.

Warum nicht?

In einer Computerwelt helfe ich zuerst mir selber, mein Lieber..., antwortete sie umgehend.

Die Tochter war überall zugange, sie trug lange blaue Hosen, und mit allem konnte sie gut umgehen: mit Heuwendern, Nähnadeln, Kochtöpfen und den Leuten auf dem Hof. Sie führte den Haushalt. Einmal zeigte sie dem kleinen Mädchen ihre Hände und sagte:

Ich bin mit beiden gleich geschickt.

Die Hände hatten Ähnlichkeit mit kleinen, praktischen Schaufeln.

Wie denn? fragte die Kleine.

Ich bin Linkshänder und Rechtshänder.

Sie schien sich tagsüber auf dem Traktor am wohlsten zu fühlen, sprang dazwischen aber auch immer wieder auf die Mähmaschine und den Heuwender oder in den Jeep. Außerdem strotzte sie offensichtlich vor Gesundheit und wurde immer fülliger, bis es nicht mehr zu verkennen war, daß dies keine Bauchmuskeln waren, sondern eine Schwangerschaft. Nun wölbte sich der Bauch wie eine Kugel in den Hosen, die nie ganz zugeknöpft waren, so daß man durch den offenen Hosenschlitz meist den prallen, braunen Unterleib sehen konnte und den kleinen, weißen Schlüpfer, der ganz nach unten in den Schritt gerutscht war.

Da fing sie an, die Zukunft zu deuten, und legte abends beim Essen Karten, während sie sich immer wieder das schwere, stets frisch gewaschene Haar aus der Stirn strich, es nach hinten in den Nacken zog und auf die rechte Schulter warf, und gleichzeitig die anderen dazu aufforderte, einen Computerkurs zu besuchen, eine Spielkarte hochhaltend in Nachdenklichkeit verfiel, sie dann auf eine andere Karte legte und betonte, wie wichtig es sei, daß Frauen ihre Kinder unehelich bekämen, sie sollten nichts mit Männern zu tun haben, außer in der Form von tiefgefrorenem Samen zur Befruchtung.

Wenn sie sich so aufführte, wurde ihre Mutter unruhig, ihr Vater aber ertrug die gefühllosen Scherze und die Tiraden, indem er eine ausdruckslose Miene machte und alle Gesichtsmuskeln schlaff hängen ließ.

Wenn der Samen das Tiefgefrieren aushält, dann wird das Kind der Frau gesund, sagte sie und ließ kein gutes Haar an den Männern.

Dies gab ihr Veranlassung, recht oft den Vater des Kindes, das in ihrem Bauch heranwuchs, zu erwähnen, doch sie bat inständig darum, nicht gefragt zu werden, wer er sei.

Er ist eine Null, und ich möchte seinen Namen nicht hören, sagte sie mit Nachdruck. Mein Kind gehört mir allein.

Die Mutter versuchte, sie zu beruhigen.

Natürlich, sagte sie. Aber überanstrenge dich nicht mit den Maschinen. Man kann alles übertreiben.

Wie sollte sie sich überanstrengen, ein gesundes Mädchen vom Land, sagte der Bauer.

Die Tochter hörte ihnen nicht zu und sagte feierlich, mit glasig glänzenden Augen, daß der Vater des Kindes gestorben sei, zumindest in ihren Augen.

Für mich ist er mehr als gestorben, er ist zu weniger als nichts geworden, fügte sie hinzu. Er war nie etwas anderes als klein, vielleicht eine kurze Zuckung als Zeichen von Leben im Frühjahr, und seitdem etwas Totes und Begrabenes.

Sie glaubten allerdings zu wissen, daß er auf dem Hof am Fuß jenes Berges zu Hause war, der die Sicht in die Richtung versperrte, in die die Kleine immer schaute, weil sie weit weg hinter ihm zu Hause war. Der Berg hüllte sich abends in einen Wolkenschleier, den die Sonne rötete. So schien er bei jedem Sonnenuntergang mit der Nacht, oder die Nacht mit ihm, Hochzeit zu halten, wenn sie zusammen ins Wolkenbett gingen.

Wenn die Tochter mit der Kleinen allein war, bat sie sie manchmal, herzukommen und die Hand auf ihren Bauch zu legen. Die Kleine gehorchte und spürte den harten Unterleib unter ihrer Handfläche, und ein eigenartiges Gefühl durchströmte sie, als ob sie nicht den Bauch einer Frau berühre, sondern einen fremden, großen Ball oder einen Globus.

Du hast selbstverständlich geglaubt, ein schwangerer Bauch sei weich, sagte sie. Hat deine Mama dich nie die Hand auf ihren Bauch legen lassen, bevor sie deine Schwestern zur Welt brachte?

Nein, antwortete das Mädchen. Es ist unanständig, einen schwangeren Bauch anzufassen.

Die Tochter lachte lauthals.

Dann müßte vieles unanständig sein!

Die Kleine senkte den Kopf bei dem Gelächter. Sie empfand Ekel, und in Gedanken griffen ihre Hände ganz tief in den Bauch hinein, sie tastete eine Weile in der Dunkelheit herum, fand das Kind, das zusammengerollt dalag, und erwürgte es. Im selben Augenblick tauchte ihre Mutter auf in ihrem Kopf. Sie wandte ihr den Rücken zu. Die Kleine faßte sie um die Schultern und legte sie auf den Rücken. Da sah sie, daß ihre Hände an dem großen Bauch klebten. Sie wälzte ihre Mutter weiter, und die purzelte den Hang hinunter wie ein Krug mit zwei Henkeln, stieß an einen Stein und zersprang. Die Kleine erschrak, fing an zu weinen und lief davon.

Du bist ziemlich seltsam, rief ihr die Tochter nach. Du bist ziemlich schrecklich!

Eines Nachts träumte die Kleine, daß die Tochter verschwunden sei. Sie wurde von Entsetzen gepackt, wachte auf, stieg schnell aus dem Bett und schlich hinaus. Sie suchte sie im Kuhstall und fand sie schließlich an einem der Plätze auf allen vieren liegend und mit zwei Köpfen. Der Kopf, der hinten aus ihr herausstand, weinte heftig. Als er die Kleine sah, begann er zu muhen, und aus seinen Mundwinkeln quoll Schaum. Sie wollte dieselbe Methode anwenden wie der Bauer, die Finger in das Maul stecken, den Kiefer fest packen, sich gegen den Knochen am Hintern stemmen und den zweiten Kopf aus der Tochter herausziehen, die sich nun plötzlich aufrichtete, schallend lachte, verächtlich das Gesicht verzog und zu ihr sagte:

Du wirst nie eine richtige Frau, wenn du dich so im Traum zum Narren halten läßt.

Die Kleine wachte wirklich auf, aber in ihren Gedanken waberten noch immer Traumschleier, die sie einhüllten, an sich zogen und in den weichen, grauen Falten irgendwelcher Kleider versteckten. Dort traf sie wieder auf die Tochter, die sie bat, noch einmal die Hand auf den prallen Bauch zu legen. Die Kleine gehorchte, und der Bauch atmete unruhig. Da tat sie absichtlich das, was ihr in Gedanken versehentlich passiert war: Sie stieß beide Hände schonungslos hinein, als ob der Bauch ein riesengroßes Ei mit einer dünnen Schale sei, und sie schaute hinab, ob der Dotter und das Eiweiß nicht herausliefen. Die Kleine wurde von Entsetzen gepackt. Sie wollte ihre Handflächen an sich ziehen, aber die Hände klebten an dem Bauch fest.

Du kommst von jetzt ab nie mehr los von mir, sagte die Tochter und kreischte und beugte sich zu ihr nieder, das Gesicht vom Lachen und gleichzeitigem Jammern verzerrt.

Die Kleine schreckte aus dem Schlaf auf und sah die angsterfüllte nächtliche Stille um sich herum. Sie hörte das Jammern in der sichtbaren Stille, entweder im Wachen oder im Schlaf. Das Zimmer war in ein bläuliches Licht getaucht, und sie wußte, daß es eine Sommernacht war. Das Jammern wurde von irgendwo hergetragen und schien aus einem versteckten Zimmer im Innern des Halbschlafs zu dringen. Da erhob sie sich langsam und versuchte zu lauschen, woher der Laut kam, als ob sie sich an einer Faser in ihrer Brust entlangtaste.

Als sie aus dem Bett stieg, sah sie, daß der Knecht wach, aber ohne sich zu bewegen, dalag und offensichtlich auch den Rufen lauschte, die man nicht unmittelbar mit den Ohren hörte. Im Zimmer waren sowohl die Dinge als auch das nächtliche Licht unwirklicher als in der Umgebung im Traum. Die helle Nacht war eine Art Traum von langen Tagen, die nie ganz zu Ende gehen und deshalb nicht im Dunkel der Nacht verlorengehen, sondern nachts leuchten wie eine immer brennende Lampe.

Der Knecht hatte wahrscheinlich das Mädchen bemerkt. Er drehte sich auf die Seite und schaute zu ihr herüber, mit unbeteiligten, leeren Augen, die im Schlaf weit aufgerissen wachten. Weit weg lachte jemand und weinte gleichzeitig. Allmählich kam die Kleine zu sich und glaubte, es seien die Vögel und das Rauschen des Flusses in der Nacht, doch dann kam ihr die Erkenntnis, und sie wurde hellwach: Das war die Tochter des Ehepaares, die draußen vor dem Haus lachte und weinte. Man hörte ein Auto. Die Kleine wollte ans Fenster stürzen, um zu sehen, was los war, aber der Knecht streckte im Halbschlaf plötzlich vor ihr den Arm unter der Bettdecke hervor und packte sie am Bein, so daß sie beinahe mit zum Fenster ausgestreckten Armen auf sein Bett aufschlug.

Die nächtliche Bläue wurde stärker, als er sie zu sich ins Bett zog. Er legte sie dicht neben seinen Körper, und sie fühlte, daß eine nie gekannte Ruhe sie durchströmte. Da sehnte sie sich danach, zu sterben und in seinen Träumen begraben zu werden.

Nein, sagte er im Schlaf, und sonst nichts.

Die Kleine nahm den Geruch des Knechts war, einen Geruch von Körper, Schlaf und Unterwäsche. Es war der Geruch von einem erwachsenen Mann und von körperlicher Arbeit. Während er sie mit offenem Mund ansah, wurde der Geruch von ihm stärker. Wieder packte sie das Verlangen, zu sterben und in seinem Traum begraben zu werden.

Das ist nur die Liebe, die klagt, sagte er und ließ sie los.

Sie ging nicht ans Fenster, sondern beschämt wieder in ihr Bett zurück, und schaute ihn unentwegt über die Schulter an, während sie hinüberging. Er streckte seinen Arm nach etwas Unbestimmtem aus, und sie konnte sehen, wie sich die Finger krümmten, weil der Handrücken nach unten zeigte. Sie sah ihm von ihrem Bett aus zu, wie er einige Male einfach so die Faust ballte, ohne daß er zu ihr herüberschaute. Dann legte er sich die Hand aufs Gesicht und bedeckte damit Augen und Stirn.

Die Kleine war davon überzeugt, daß sie niemals einschlafen könne, doch schon bald schlief sie tief und fest.

Am nächsten Morgen war die Tochter nirgends zu sehen. Sie war abgereist. Niemand sagte etwas, es war, als sei sie nie gekommen oder als habe es sie nie gegeben. Sie wurde nicht erwähnt. Doch das Haus war einsamer ohne sie. Jedes Ding, sowohl draußen wie drinnen, gelangte all

mählich wieder an seinen Platz, und niemand verrückte etwas, ohne daß es notwendig war. Alles ging seinen gewohnten Gang. Der Knecht kümmerte sich um den Kuhstall und besorgte das Melken. Alle verrichteten ihre bestimmten Arbeiten. Als die Kleine kam, um die Kühe auf die Weide zu treiben, fragte sie ihn:
Was war das?
Der Knecht sah sie an und fragte:
War was?
Dann schaute er sie großspurig an und antwortete:
Ich. Das war ich.

10.

Es verging nur eine gute Woche, dann war die Tochter wieder da, schlank, schweigsam, ohne den Bauch, aber auch ohne Kind im Arm. Schon bald wurde sie gleichgültig. Ihre Mutter war mit dem Jeep weggefahren und hatte sie geholt. Als die beiden vor dem Haus aus dem Wagen stiegen, versuchte sie, laut und energisch zu sein. Es war fast, als sei die ganze frühere Lebhaftigkeit und Tatkraft von der Tochter auf sie übergegangen. Die Tochter zuckte ab und zu mit den Achseln und machte eine Miene, als ob die Welt sie nichts mehr anginge. Auf dem Weg ins Haus fiel ihr Blick auf die Maschine, die das Heu zusammenrechte. Sie stürzte sich gleich darauf. Ihre Mutter ließ sie gewähren.

Es war frühmorgens bei gutem Wetter, als das Heu die Nacht über ausgebreitet dagelegen hatte. Die Mutter ging in die Küche, um einen Kalbsschlegel zu braten. Der Bauer hatte im Morgengrauen zusammen mit dem

Knecht ein Kalb geschlachtet. Die Kleine hatte es nicht mit den Kühen auf die Weide getrieben. Der Schlegel war von dem Kalb, das sie gesehen hatte, als es hinten aus der Kuh herausstand. Es war schon fast einen Monat alt, und die Kuh hatte aufgehört, an ihm herumzuschnuppern und mit der Zunge an seinem Schwanz zu lecken, um nachzusehen, ob es ihr Kalb war, oder ob es sich plötzlich in ein fremdes Kalb verwandelt hatte. Vielleicht hatte sie es vergessen. Doch als es am Morgen beim Gang auf die Weide fehlte, wurde sie rasend, war nicht zu bändigen, riß sich von den anderen los und trabte muhend zum Zaun an der Hauswiese. Das kleine Mädchen versuchte mehrmals, die Kuh auf die Weide zu treiben, aber sie kam immer wieder zurück, schnaubte mit weitaufgerissenen Augen und muhte langgezogen.

So lief sie am Zaun hin und her. Doch das Kalb antwortete nicht, es lag auf der Erde, abgehäutet und mit dem Kopf neben dem Schwanz auf einer Zeitung, den Hals stumpf der Sonne zugewandt. Der Körper war zerteilt worden. Die Kuh lief um die Hauswiese herum. Das schwerfällige Tier lief schnell, so daß das Euter hin und her schaukelte. Die Klauen klapperten. Sie muhte und spritzte Wasser und Schlamm aus dem Moor auf die Flanken, ein wenig wie ein knurrender Hund. Das Muhen war kurz und klagend. So lief sie fast den ganzen Tag herum, und dazwischen fraß sie Gras, um wieder Kraft zu sammeln und sich auszuruhen, wurde aber immer schwerfälliger, als es auf den Abend zuging, weil das Euter, das von der Milch geschwollen war, kaum zwischen die Beine paßte. Es schien platzen zu wollen, so daß die weiße Milch aus den Zitzen spritzte. Die Kuh suchte das

Kalb und ging sogar auf das Tor los, rieb die Stirn daran und stieß mit den Hörnern dagegen. Das Gatter gab nicht nach, und sie stellte sich schwerfällig auf die Hinterbeine und schlug mit den Vorderklauen gegen das untere Querbrett. Das kleine Mädchen beobachtete sie, völlig überrascht darüber, daß dieses plumpe und ruhige Tier in seinem Innern eine solche Trauer fühlen konnte, daß es sich wand und geiferte.

Von den anderen Höfen waren am Morgen Kinder gekommen, um beim Schlachten zuzusehen. Das waren Landkinder, denen es Spaß machte, beim Schlachten von Tieren zuzusehen. Das Kalb hatte eine Zeitlang allein dagestanden, und der Sonnenschein war so hell, daß die Sonne von einer neugeborenen Welt am wolkenlosen Himmel zu leuchten schien. Die Kinder wollten es alle umarmen, drängten einander weg, balgten sich, um möglichst an das Tier heranzukommen, das ruhig und ein wenig zerstreut zwischen den Gräsern und einigen Hahnenfüßen und Löwenzähnen wartete. Die Kleine legte auch den Arm um seinen Hals. Sie spürte den schweren Atem im Gesicht, aber das Kalb stand ganz still und wedelte nicht einmal mit dem Schwanz.

Jetzt mußt du sterben, und in zehn Minuten gibt es dich nicht mehr; stell dir das vor, flüsterte sie ihm ins Ohr. Weißt du, wie kurz du noch zu leben hast?

Das Kalb schnaubte ein bißchen.

Die Kinder küßten es auf die Stirn. Sie tätschelten es und schauten ihm in die dunklen, glänzenden Augen, mit denen es kaum blinzelte im Sonnenschein, allein und weit weg von seiner Mutter und von allem, auch von den Umarmungen der Kinder, still im Sonnenschein angesichts des Todes.

Als die Kinder hörten, was die Kleine sagte, fanden sie es komisch und stellten sich lachend in einer Reihe an, damit alle ihm ins Ohr flüstern konnten:

Du mußt sterben und es wird dich nicht mehr geben. Weißt du das?

Der Knecht hatte schon die Messer gewetzt und sie geschliffen und scharf nebeneinander auf einen Sack gelegt, der hellbraun war, wie das Kalb. Die Schneiden glänzten nicht im Sonnenschein, es waren alte Messer, die dunkel geworden waren, aber sie waren dennoch furchteinflößend in den Augen des kleinen Mädchens. Der Bauer befahl den Kindern, sich zu packen und hinter die Hausecke zu gehen.

Jetzt habt ihr das Kalb zärtlich genug verabschiedet, damit es in den Himmel kommt, sagte er. Aber ihr dürft uns nicht im Weg sein. Ihr könnt um die Ecke gucken. Wir können euch hier nicht brauchen. Na los, keine Aufregung, gehorcht, ihr bekommt ein Stück von ihm zum Mittagessen.

Es ist so gut, sagte ein Junge vom nächsten Hof.

Na los, gebraten zum Mittagessen wird es sogar noch besser, wenn ihr jetzt endlich geht, sagte der Bauer und schob sie fort. Meine Tochter kommt, und zur Begrüßung vertilgen wir ein Kalb. Nicht wahr? Ihr kommt auch zum Essen. Einverstanden?

Ja, antworteten die Kinder im Chor.

Sie lächelten und verschwanden hinter dem Haus, schlugen sich aber darum, um die Ecke gucken zu dürfen und zu sehen, wie das Blut unter dem Messer hervorspritzte.

Die Kleine hatte sofort die Kühe auf die Weide getrieben. Sobald man sie vom Hof aus nicht mehr sehen konnte, drehte sie um und lief zurück und versteckte sich bei den anderen. Sie wollte auch sehen, wie das Kalb geschlachtet wurde und wie es starb. Als sie zurückkam, lag es auf der Erde und zappelte hilflos mit den Beinen. Der Knecht hielt es fest, und der Bauer schnitt mit dem Messer. Sie wurde auch schwach in den Beinen. »Jetzt kann dich keiner retten«, sagte sie in Gedanken zu dem Kalb. »Du hast noch eine Minute zu leben, eine halbe, nur noch einen Augenblick. Jetzt stirbst du.« Gleichzeitig bat sie es, die Welt noch ein letztes Mal anzusehen. Da schnitt der Bauer die Kehle durch und das Blut spritzte in einem roten Strahl und netzte die Hahnenfüße mit ihren Blüten, die sich unter den Spritzern beugten, aber taten, als ob nichts geschehen sei, ganz blutig, leuchtend gelb und rot in der Pracht des Morgens.

Die Kleine hielt sich die Hand vor den Mund und spürte, wie ihre trockenen Augen feucht wurden. Die Blütenkelche der Hahnenfüße füllten sich mit Blut. Die Sonne schien einen Augenblick lang mit einem fremden Glanz und die Berge in der Ferne schienen in Gedanken vertieft zu sein, als das Kalb die Augen verdrehte und den Kopf sinken ließ. Da faßten die Hahnenfüße das Blut nicht mehr und neigten sich zur Erde, um die Blütenkelche auszuleeren, und richteten sich nur wieder halb auf.

Als die Tochter gekommen war und sich auf den Heuwender gesetzt hatte, sah sie gleich, daß die Kuh zum Zaun rannte und muhte. Sie hielt die Maschine an und rief:

Was ist mit dieser Kuh los?

Niemand antwortete, doch dem Mädchen wurde befohlen, sie sofort auf die Weide zu treiben. Aber sie kam augenblicklich mit lautem Muhen zurück. Da fuhr die

Tochter mit der Maschine zum Tor, und die schnaubende Kuh wich zurück. Sie schrie das Tier an, öffnete das Tor, gab Gas, fuhr der Kuh nach und trieb sie fort, doch diese kam augenblicklich wieder zurück, so daß sie es aufgab, zum Haus fuhr und sagte:

Sind die Kühe hier auch verrückt geworden?

Noch einmal befahl sie der Kleinen, die Kuh auf die Weide zu treiben. Sie tat es und machte das Muhen des Kalbes nach, aber die Kuh ließ sich nicht hereinlegen. Sie würdigte das Mädchen keines Blicks. »Vielleicht spürt sie, daß keiner einen anderen ersetzen kann, auch wenn er es gern möchte, weil der, der trauert, etwas Bestimmtes vermißt, das ihm keiner wiedergeben kann, auch wenn es möglicherweise mit der Zeit vergessen wird oder aus dem Gedächtnis schwindet«, fühlte die Kleine eher, als daß sie dachte. Mit diesen verschwommenen Gedanken legte sie ihre Stirn zwischen die Hörner der Kuh, die gleich den Kopf senkte und mit dem Maul auf der Erde in das taufeuchte Gras schnaubte.

So standen sie eine Weile im Sonnenschein, das kleine Mädchen und die Kuh im nassen Moor, und in der Ferne erhob sich die Erde als Fata Morgana über sich selbst hinauf, als wolle sie nach ihrer himmlischen Natur suchen, doch sie kam nur so weit, daß sie die Gestalt gräulicher Luftspiegelungen annahm, flirrender Bilder in immer derselben Höhe dicht über dem oder am Horizont.

Kurz nachdem das kleine Mädchen die Kuh zum letzten Mal auf die Weide getrieben hatte, rief die Hausfrau die Leute zum Mittagessen. Die Kinder von den anderen Höfen waren wieder da und hatten sich daheim sorgfältig gekämmt, damit sie sauber und adrett an dem Festmahl teilnehmen konnten. Sie standen dicht nebeneinander, geschniegelt und artig, und sahen schweigend zu, wie sich gierige Fliegen über das, was von dem Kalb übrig war, hermachten, das Blut, das im Sonnenschein schwarz und trocken geworden war; und die Hahnenfüße saßen fest in dem Geronnenen.

Als sie aber mit feierlichem Ernst das Haus betraten, duftete es dort nach gebratenen Kalbsschlegeln. Da lief ihnen das Wasser im Mund zusammen und sie wurden hungrig.

Die Tochter unterbrach die Arbeit auf dem Heuwender und sagte spöttisch und etwas freundlicher als bei ihrer Ankunft am Morgen:

Ach, ist hier ein Fest? Es ist ja kaum zu glauben, wie sehr sich die Eltern darüber freuen, daß man abtreiben läßt, nur weil man sich an einem Verräter rächen will.

Ihre Mutter sagte, sie solle still sein.

Wir haben die Schlegel für dich gebraten, fuhr sie dann fort, und war ganz blaß geworden. Es heißt, Kalbfleisch sei blutreich, dann erholst du dich vielleicht besser.

Ich werde fressen und fressen, sagte sie, beugte sich nieder, streckte den Kindern ihr Gesicht entgegen und zeigte ihnen ihre rotlackierten Klauen. Ich werde schlingen und mich mit Kalbfleisch vollstopfen, und wenn ich nach dem Essen aufstehe, habe ich wieder einen furchtbar dicken Bauch.

Sie knurrte.

Die Kinder sahen sie begeistert an und taten so, als hätten sie Angst vor den Klauen und den nicht sehr überzeugenden Grimassen, die sie schnitt. Aus ihren Augen leuchtete Dankbarkeit, als sie das Fleisch kauten, und sie blickten verstohlen die Tochter an. Ihr war es zu verdanken, daß sie zum Essen eingeladen worden waren und daß sie mit ihr das leckere Kalb essen durften.

Während sie beim Essen saßen, hörte man ab und zu das Muhen der Kuh, die wieder zum Zaun zurückgekommen war und versuchte, über ihn zu klettern. Bei dem guten Wetter waren die Fenster offen, und der Duft des Bratens strömte hinaus ins Freie. Die Tochter legte das Besteck weg und sagte barsch:

Vielleicht ist die Kuh dem Geruch nachgegangen. Es kann gut sein, daß sie ihr geschmortes Kalb am Bratenduft erkennt.

Die Kinder lachten.

Macht es euch Spaß, ihr das Kalb wegzuessen? fragte sie.

Ja, antworteten sie und rangen nach Luft.

Und was glaubt ihr wohl, wie sie muhen würde, wenn sie wüßte, daß wir hier bis obenhin voll dasitzen und es verschlingen?

Sie würde einfach so muhen ...

Die Kinder lachten fröhlich, als sie das Muhen nachahmte.

Die Erwachsenen sagten nichts. Die Hausfrau bat nur die Kinder, sich nicht zu schmutzig im Gesicht zu machen und kein Fett auf die Kleider zu schmieren und sich die Finger nicht am Tischtuch abzuwischen. Sie stand auf und riß ein paar Blätter von der Küchenrolle ab und gab jedem eines. Sie kam nicht wieder sofort zurück an den Tisch, sondern kramte ungewöhnlich lange in den Schränken herum. Die Tochter schaute zu ihr hinüber, lachte und zeigte drohend ihre Zähne. Dann hörte sie auf damit. Das kleine Mädchen sah, daß ihr Blick seltsam wurde, obwohl sie ständig grinste, und sie zuckte jedesmal, wenn sie sich einen Bissen in den Mund steckte, mit den Schultern.

Das Kalb der Muhkuh ist gut, sagte sie und spitzte den Mund.

Schrecklich gut, antworteten die Kinder und stocherten ein bißchen mit der Gabel im Fleisch herum, denn sie waren schon satt.

Habt ihr genug gegessen? fragte die Hausfrau. Dann geht hinaus und stochert nicht im Essen herum. Es ist schade darum.

Die Kinder sprangen vom Tisch auf und liefen hinaus. Sie rannten schnurstracks hinunter ans Tor zu der Kuh. Eines von ihnen sagte:

Wir haben dein Kalb verspeist.

Die Kuh schnaubte.

Dann schauten sie sie bekümmert an, doch sie schien nichts zu verstehen.

Sie liefen wieder ins Haus, um die Tochter wissen zu lassen, daß sie mit der Kuh gesprochen und ihr gesagt hätten, daß sie das Kalb gegessen hatten, und daß ihr das ganz egal sei.

Nicht so stürmisch, sagte die Hausfrau und bat ihre Tochter, sich nach dem Essen auszuruhen. Du bist immer noch schwach.

Ach, du liebe Güte, Mama..., antwortete die Tochter ungeduldig. Ich bin ein moderner Mensch und brauche mich nicht auszuruhen.

Das kleine Mädchen trottete allein hinunter ans Tor zur Kuh, die dort stand, den Kopf hob und zum Haus hin muhte. Die Tochter saß wieder auf dem Heuwender und fuhr damit zu der Kleinen, die fragte:

Weiß sie, daß wir das Kalb im Magen verdauen?

Da kamen die anderen Kinder angerannt. Sie hatten die Frage gehört und hauchten mit aufgesperrtem Mund der Kuh ins Gesicht, die schnaubte.

Nein, sagte die Tochter: Die Kühe wissen nichts. Das sind nur Kuhmarotten.

Sie beobachteten das Tier eine Weile, dann fügte sie hinzu:

Oh, ich halte dieses Gemuhe nicht aus. Treibt sie weg!

Die Kinder trieben sie alle gemeinsam auf die Weide und setzten sich dann auf einen Hügel und pflückten Blumen für das Grab, denn sie wollten den Schwanz des Kalbs beerdigen und dabei schöne Kirchenlieder singen, damit sie gelobt würden, weil sie so gute, christliche Kinder waren.

Als die Kühe am Abend in den Stall getrieben wurden, kamen sie an der Stelle vorbei, wo man das Kalb geschlachtet hatte. Einige knabberten von dem blutigen Gras. Die, der das Kalb gehört hatte, tat es auch. Die Hahnenfüße mit dem geronnenen Blut verschwanden in ihren Mäulern. Die Kleine sah zu und wagte kaum, die Stelle zu betreten. Doch dann tat sie es, trat eilends mit beiden Füßen darauf, hüpfte zweimal und spürte dabei einen unangenehmen Schauder, der einem Schwindelgefühl wich. Sie spürte, wie in ihrem Innern Luft aufstieg und mit trockenem Jammerlaut durch den Mund entwich. Und dann mußte sie sich übergeben, und die Kuh schnüffelte, wich aber dann vor dem Erbrochenen zurück.

Du hast vor Freude zuviel gegessen, sagte der Bauer.

Am nächsten Morgen hatte die Kuh das Kalb vollkommen vergessen, und die Kleine fand nichts Geheimnisvolles mehr an der Stelle, die ihr kurz vor dem Melken am

Abend vorher einen Schauder eingejagt hatte. Es war fast so, als ob der Tod aus dem schwarzen Blutfleck aufgestiegen, durch die Schuhsohlen gedrungen und durch ihre Füße bis zum Herzen geströmt sei, und sie ihn bei dem guten Wetter einfach abgeschüttelt habe, so daß er jetzt nie mehr in ihren Körper zurückkehren konnte. Den Fleck konnte man am ehesten daran erkennen, daß dort mehr Fliegen saßen als an anderen Stellen.

11.

Die Wärme der Tage verkürzte den Sommer allmählich mit angenehmer Wehmut, und die Sonne zehrte die Zeit auf. Die Kleine beachtete die Zeit tagsüber kaum. Sie dachte gar nicht an sie, bis es zu regnen begann und sie hörte, daß die Tropfen schwer auf das blaßgrüne Rübenkraut fielen, und sah, wie das Wasser abperlte und unruhig wie Quecksilber über die Blätter lief. Die Zeit erwachte bei dem schwachen, hohlen Geräusch des Regens auf dem Kraut, das hoch aufgeschossen war und beinahe ein durchgehendes, niedriges Dach über den Beeten im Gemüsegarten bildete. Doch das warme, trockene Wetter kam bald wieder, und in der Sonne löste sich die Zeit wieder in Wohlgefallen auf. Dagegen erwachte abends, nachdem alle außer ihr eingeschlafen waren, die Ewigkeit in der Gestalt der Trauer. Denn Ewigkeit und Trauer gehen Hand in Hand. Und es ist die Trauer, nicht die Freude, die das Gefühl für die Zeit weckt.

Ja, wenn wir immer fröhlich wären, gäbe es keine Zeit, keine Uhren, keine Erinnerungen und auch keine Tagebücher, sagte der Knecht eines Abends, als er im Zimmer am Tisch saß und in sein Tagebuch schrieb. Dann faßte er sie um die Schultern.

Der Bauer hatte manchmal im Spaß zu ihm gesagt, ihm komme es so vor, als ob er sich unter Buchstaben wohler fühle als unter Menschen. Das sagte er draußen in der Scheune, und der Knecht gab es unumwunden, wenn auch etwas schuldbewußt, zu.

Ich habe mir noch nie etwas aus Menschen oder Tieren gemacht, sagte er. Du weißt trotzdem, daß ich mich in andere verliebt habe und meine Arbeit ordentlich verrichte, denn irgendwie muß man ja für die Gefühle leben und für den Unterhalt seines Körpers arbeiten.

Wenn du denn die Wahrheit sagst, was ersteres betrifft, und nicht schwindelst wie gewöhnlich, sagte der Bauer. Aber die Liebe ist nicht genug, will man auf dem Land leben können.

Na ja, sagte der Knecht. Ich hätte allerdings angenommen, daß sie überall ausreicht.

Der Bauer gab keine Antwort und ging.

Die Kleine hörte ihrem Gespräch zu und fand in dem Augenblick, daß sie selbst allmählich gelernt hatte, die Arbeit zu lieben und mit den Tieren mit einem Gefühl umzugehen, das sie sanfter machte, als wenn sie unter Menschen war. Sie kannte jetzt alle Pferde und wußte, daß das torfige, das sie am ersten Tag geholt hatte, eine Stute war. Das Geschlecht sah man sofort, wenn man die Tiere unten ansah. Sie konnte die Pferde sogar auf große Entfernung voneinander unterscheiden. Ihre Namen bezogen sich für gewöhnlich auf die Haarfarbe. Dasselbe galt für die Kühe. Sie hatte gelernt, sich an die scheuesten Pferde heranzuschleichen und ihnen Zaumzeug anzulegen, indem sie zuerst leise vor sich hinmurmelte und sie mit unverständlichen Worten und Lauten beruhigte, bevor sie dichter herantrat, während diese sie argwöhnisch aus den Augenwinkeln heraus beobachteten, empfindlich und scheu. Sie näherte sich ihnen langsam und machte sich in Gedanken körperlos, bis sie ihre Lenden berühren konnte, ganz sachte, als ob die Zärtlichkeit selbst ihnen die Hand aufgelegt habe. Dann bewegte sie sich lautlos an ihrer Seite entlang nach vorn, plauderte freundlich, liebkoste sie und murmelte etwas in der Pferdesprache, die sie selbst erfunden hatte, und die Tiere hörten interessiert zu und lauschten mit gespitzten Ohren in den Sommerwind, während ihre Haut fast unmerklich zuckte, und ehe sie sich's versah, hatten sie das Maul aufgemacht und sich von ihr das Zaumzeug anlegen lassen.

Das, fand sie, war das eigenartigste am Umgang mit den Tieren, denn nicht einmal sie selbst verstand das beruhigende Murmeln, das unvermutet aus ihr hervorquoll, sich von einem unbekannten Ort heranschlich und ihre Gedanken mit den Pferden verband. Auch wenn sie selbst diese Pferdesprüche nicht verstand, schienen die sonst feurigen, aber freundlichen Tiere sie als Liebeserklärung aufzufassen, und manchmal rieben sie den Kopf an ihrer Brust, drückten die Stirn mit einem weißen Stern darauf fest gegen die Stelle, an der ihr Herz rasch schlug vor Freude. Dabei löste sie sich neben ihnen im feuchten Gras des Moors in Luft auf. Einen Augenblick später, nachdem sie sich wieder gefangen hatte, streichelte sie den Pferden das empfindliche Maul und spürte auf den Händen ihren heißen Atem, der sie am ganzen Körper schauern machte, ein feuchter Hauch mit dem herben Duft zerkauten Grases. Da flüsterte sie ihnen die Zaubersprache ins Ohr, und sie bewegten die gespitzten Ohren mit kurzem, raschem Zucken vor und zurück.

Wenn sie keiner sah, ritt sie aus irgendwelchen Gründen ohne Hose auf den Pferden, nachdem sie sie lange hinter den Ohren gekrault hatte.

Sie wurde oft losgeschickt, um das Reitpferd der Tochter zu holen, wenn diese einen ihrer häufigen Anfälle von schlechter Laune hatte und einen Ritt ins Blaue machte, um ihre Gereiztheit loszuwerden. Sie ritt im Galopp zum Tor hinunter, rief die Kleine und sagte, sie solle es aufmachen und halten, während sie hindurchreite. Dann trieb sie das schnaubende Pferd hinaus in das unwegsame Moor, wo das Wasser nach allen Seiten spritzte, und sie schlug das Tier erbarmungslos mit der Peitsche.

Da schaute ihr Vater von der Arbeit auf, um schweigend mit anzusehen, wie sie auf dem verstörten Pferd, das seine Gangart verloren hatte und sich deshalb gedemütigt fühlte, durch das Moor vorwärtspreschte. Wenn sie so gestimmt war, daß sie das Pferd im Sumpf herumjagte, sah er ihr lange nach.

Am Abend, wenn sie zurückkam, war sie von unten bis oben ganz braun und mit Schlammspritzern bedeckt. Sie ging so den Flur entlang, eine braune Erdfrau, lachte herausfordernd, nahm ein Bad, lag lange in der Wanne, als ob sie sich wässern wolle, um eine böse Salzigkeit aus dem Körper oder der Seele herauszulösen, und ließ zum Essen endlos auf sich warten. Doch schließlich kam sie an den Abendbrottisch, als ob nichts sei, mit klatschnassem Haar, das sie immer wieder hastig glattstrich, so daß die anderen kleine, kalte Wasserspritzer von ihr ins Gesicht bekamen. An diesen Abenden entwickelte sie einen ungewöhnlich guten Appetit.

Die Arme, sagte der Knecht spöttisch zu dem kleinen Mädchen, die junge Dame hat es sich wegmachen lassen, und jetzt fühlt sie eine innere Leere und will etwas Gutes essen, um wieder etwas im Bauch zu haben.

Dann vertraute er ihr an, daß Knechte immer in die Tochter des Bauern verliebt sein müßten, aber in dieser Hinsicht sei er eine völlige Ausnahme.

Und sie ist auch nicht in mich verliebt, sagte er. Nicht einmal heimlich.

Das Mädchen sah ihn hinter den Kühen an.

Auf dem Land gibt es keine Liebe mehr, sagte er. Die Kühe bekommen nur eine Spritze. Die Scheunen sind nur für die Heuvorräte da. Es gibt nur noch das, was der Produktion dient. Auch die Leute dienen ihr. Die Liebe gibt es nicht mehr.

Zwar sah das kleine Mädchen, daß die Hausfrau versuchte, ihre Tochter zu liebkosen, sie zu berühren oder zu streicheln, aber sie streckte sofort abwehrend die Hände aus, als wolle sie die Mutter beiseite schieben mit Fingern, die sagten: »Rühr mich nicht an.« Dann fügte sie drohend hinzu, wenn ihre Mutter die Fingersprache nicht verstanden hatte:

Mama, ich brauche kein Mitleid, ich bin schon auf der Universität. Tu nicht, als ob ich ein junges Mädchen sei, das nichts anderes gelernt hat als gutes, christliches Benehmen und Handarbeiten bei der Pfarrersfrau, oder vielleicht ein bißchen auf dem Harmonium zu spielen und mit kreischender Stimme diese schrecklichen isländischen Lieder zu grölen, die sowieso alle aus Dänemark geklaut sind.

Die Kleine wußte nicht, was sie mit ihren Worten und ihrem Benehmen ausdrücken wollte.

Nach der Verteidigungsrede der Tochter sagte der Knecht, daß sie das sage, weil sie nie einen der Bauernromane auf den Bücherbrettern des Hauses gelesen habe.

Stell dir das vor, sagte er, hier gibt es zwei große Bücherregale voller Geschichten über das glückliche Landleben, aber die Tochter, das einzige Kind, hat nicht eine von ihnen gelesen, nur die Schulbücher und Schundromane, um sich vom Lernen zu erholen, Erzählungen von kalten und freien Verbrechern. Und die ländlichen Gegenden stehen allein und ohne Bevölkerung da, mit ihrer Vergangenheit, die in Büchern auf verstaubten Regalen abgedruckt ist, und niemand will etwas darüber erfahren.

Als die Kleine sich daraufhin die Bücher im Regal ansah, merkte auch sie, daß sie nichts über das Leben in den ländlichen Gegenden und das Glück, das einst dort geherrscht hatte, wissen wollte. Sie hatte keine Lust, die gesprenkelten Bücher zu lesen, die braune Rücken hatten und seltsam rochen und deren Seiten wie zusammengeklebt waren, weil niemand die Bücher aufschlug oder in ihnen blätterte. Sie waren voller Nässe, Feuchtigkeit und Todesahnung, die sie jedoch nicht ganz zerstörte.

Die Tochter gewöhnte sich an, immer in der Badewanne zu liegen, um sich zu entspannen. Sie schloß sich stundenlang im Badezimmer ein. Wenn jemand aufs Klo mußte und unsanft an der Türklinke rüttelte, sagte ihre Mutter sofort:

Sie badet.

Schließlich kam sie duftend wie eine offene Parfümflasche heraus. Sie hatte sich den Kassettenrecorder um den Hals gehängt und den Kopfhörer aufgesetzt und hatte die Knöpfe in den Ohren. Lange Zeit tat sie keinen Schritt, ohne den Kassettenrecorder dabeizuhaben, sogar beim Essen hatte sie ihn umhängen. Ihr Vater konnte sich nicht damit abfinden, daß sie so dasaß, abgesondert von der Umgebung, und nicht einmal die wichtigsten Nachrichten im Radio oder Fernsehen hörte.

Du solltest dir die Nachrichten anhören, sagte er.

Ach, sagte sie teilnahmslos und mit gelangweilter Miene. Solange die Welt steht, gibt es immer endlose Kämpfe in Beirut oder an ähnlichen Orten. Und nach den Nachrichten kommen ständig Berichte über neue Wunderapparate, die eigens erfunden wurden, um die Welt zu retten, und uns zweifellos helfen werden, die Menschen besser zu verstehen, was aber zum Glück immer genauso prächtig mißlingt. Jetzt arbeiten sie an allen Universitäten daran, ein Gedankenübertragungsgerät zu erfinden, von dem man sagt, es werde alles revolutionieren, oder zumindest die Computer- und Elektronikrevolution obsolet machen. Da habt ihr es, ihr Bauern. Die fähigsten Wissenschaftler sagen heute, daß die Gedankenübertragungsrevolution sicher bald kommen wird mit den Lösungen; die Leute müssen nur eine Weile warten mit den Problemen.

Gedankenübertragung hat es seit urdenklichen Zeiten gegeben, sagte ihre Mutter. Sie ist so alt wie die Menschheit.

Alles gibt es schon seit urdenklichen Zeiten, Mama, aber es muß trotzdem erfunden werden, antwortete die Tochter mit seltsamer Sanftheit. Die Schwierigkeit besteht darin, es sichtbar und greifbar zu machen. Und bisher sind zwischen uns Menschen Gedanken noch nicht mit wissenschaftlichen Methoden und hochkomplizierten Geräten, etwa über Satelliten, übertragen worden, so daß der ganze Elektronikkram mit allem, was dazugehört, veraltet sein wird, noch bevor wir gelernt haben, richtig damit umzugehen. Endlich hat man den einen, wahren Knopf gefunden, auf den man drücken muß, der nur in den Träumen des Menschen existiert hat. Und gleichzeitig veralten die anderen.

Womöglich ist dein Knopf auch schon veraltet? fragte der Knecht plötzlich.

Tja, wer weiß? antwortete sie prompt. Nein, ich habe so viele Knöpfe, daß immer genügend Ersatz vorhanden ist, auch wenn einer ausfällt. Aber wenn es der Wissenschaft gelingt, mich zu vereinfachen und alle bis auf einen auszumerzen, dann wirst du nie derjenige sein, der auf meinen Knopf drückt und mich in Gang setzt.

Während sie dies sagte, sah sie den Knecht mit festem Blick an, und dann kicherte sie.

Ich habe den Verdacht, daß jemand aus der Naturwissenschaftlichen Fakultät ordentlich und ein für allemal auf alle deine Knöpfe gedrückt hat, und daß du jetzt zugeknöpft bist und es sich für dich schon nach einem Winter ausgeknöpft hat; im letzten Jahr warst du nicht so, sagte der Knecht.

Die Tochter gab keine Antwort, und ihr Vater senkte den Blick und räusperte sich. Die Hausfrau schaute abwechselnd ihre Tochter und den Knecht an, als frage sie, ob die unberührten und verstaubten Bauernromane in den Bücherregalen sich vor ihren Augen wiederholten und sich erneut in anderer Form abspielten: Diese Zweideutigkeiten und Plänkeleien sind doch nicht etwa der Beweis dafür, daß die beiden tatsächlich etwas miteinander haben? Die Tochter schien die Gedanken ihrer Mutter lesen zu können und sagte:

Mama, ich kann dir mit meiner Gedankenübertragungsmaschine versichern, daß deine Gedanken in diesem Augenblick ganz falsch sind. Allerdings wird die Graswurzel immer bestehen bleiben, ob der Stengel und die Blätter verwelken und holzig werden oder nicht. Kämpfe in irgendeinem Beirut werden aufflammen, wenn man es am wenigsten erwartet, vor allem an den friedlichsten Orten.

Am Abend zog die Tochter sich einen warmen Anorak über, obwohl es warm und noch gar nicht herbstlich war, und ging mit ihrer Kassette hinaus in die Nacht, setzte sich in den Windschatten des Hügels neben dem Haus und betrachtete lange den Sonnenuntergang. Wahrscheinlich hörte sie Musik oder Lieder, die gut zu der überwältigenden Schönheit der Abendröte paßten. Aber sie sang nicht. Sie hörte unentwegt zu, sang aber nie. Die Lieder brachten die Zunge nicht zum Singen. Einmal hatte ihre Mutter unvermittelt zu dem kleinen Mädchen gesagt:

Sie hört keine Schlager.

Die Kleine sah sie erstaunt an.

Sie hört überhaupt keine Musik, fuhr die Frau fort. Sie lernt von einer Kassette die am drittweitesten verbreitete Sprache der Welt.

Ach so, entfuhr es dem kleinen Mädchen. Warum?

Deshalb, weil man immer wieder gehört hat, und sie selbst sagt es auch, daß die Zukunft in Südamerika liegt, sagte die Frau. Ich als Isländerin kann das nicht glauben, aber die neuesten Ideen behaupten, daß es keinen Zweifel daran geben könne.

12.

Plötzlich hatte die Tochter ständig das Fernglas in der Hand, um damit in der Gegend herumzusehen. Ihre Mutter hatte die Angewohnheit, es heimlich vom Haken zu nehmen und immer wieder auf die Treppe hinauszugehen, es in alle Richtungen zu richten und dabei gleichzeitig den Körper zu drehen, ohne die Füße von der Stelle zu bewegen. Dagegen verfügte am Abend der Bauer allein über das Fernglas, er sah damit auf unauffällige Weise durchs Küchenfenster hinaus, indem er den unteren Rand der Gardine ein wenig lüftete.

Einmal, als die Kleine auf dem Flur saß, sie war allein daheim und außer der Stille war sonst niemand im Haus, da nahm sie unerlaubterweise das Fernglas und richtete es in alle Richtungen, so wie sie es die anderen hatte tun sehen. Sie hatte noch nie durch ein Fernglas geschaut und bekam einen Schrecken, als die Höfe der Umgebung, die weit entfernt lagen, dicht heranrückten und in einem grauen Dunst ganz genau zu erkennen waren. Gleichzeitig schämte sie sich, denn sie sah, daß auf den meisten Höfen jemand draußen auf der Treppe stand und ein Fernglas auf einen anderen Hof oder in alle Richtungen richtete.

Was wollen die Leute sehen; kann es sein, daß sie einander nachspionieren? fragte sie sich und bekam Herzklopfen.

Indem sie heimlich zum Fernglas gegriffen hatte, war das Unsichtbare sichtbar geworden, war wie eine schändliche Ohrfeige in ihre Brust eingedrungen und hatte das Herz schonungslos zu raschem Schlagen angetrieben. Nie hatte sie sich vorstellen können, warum die Leute auf dem Hof immer wieder durchs Fernglas schauten. Jetzt glaubte sie zu wissen, daß sie nur schauten, ob andere zu ihnen herübersahen, und die, die Ausschau hielten, schauten, ob jemand zu ihnen hersah. Nun fühlte sie sich ständig beobachtet, als ob alle Ferngläser der Gegend auf sie gerichtet seien und sogar in ihr Inneres und durch ihre Seele schauen könnten. Diese stille Gegend am Rand der Sumpfwiesen in der Ebene war also voll von wachsamen Augen. Von nun an war sie nie mehr allein. Jemand beobachtete heimlich aus der Ferne jede ihrer Bewegungen, und deshalb wollte sie am liebsten im Haus bleiben, denn etwas, das einem bösen Gott nicht unähnlich war, ließ sie nicht aus den Augen.

Durch diese Entdeckung wurde sie selbst zu einem Fernglas und fing an, heimlich die Tochter zu beobachten, doch die war sehr auf der Hut und bemerkte es gleich, denn zweifellos nahm sie sich vor anderen in acht, wie es auf dem Land üblich war.

Warum glotzt du mich mit diesen Kalbsaugen an? fragte sie ungehalten.

Die Kleine gab eine ausweichende Antwort, verlegen, aber froh darüber, daß ihre Augen Kalbsaugen waren. Das hatte keine besondere Bedeutung, ausgenommen vielleicht die, daß sie einmal sterben würde wie das Kalb; daß die Tochter ihr die Kehle durchschneiden würde. Ein paarmal sah sie begeistert vor sich, kurz bevor sie einschlief, wie ihr die Kehle durchgeschnitten wurde und das Blut in alle Richtungen spritzte und die Blüten der Hahnenfüße auf der Hauswiese füllte, während die Sonne schien und die Strahlen ihr Blut aufsaugen ließ, so daß sie am hellichten Tag rot wie beim Sonnenuntergang und bedrohlich am Himmel stand, bis sie das Blut in einem

Sonnenregen über die Gegend ausgoß und wieder ihre natürliche Farbe bekam. Hierüber wurde die Kleine seltsam glücklich vor dem Einschlafen, wie der Abend am Schluß eines sonnigen Tages.

Wenn sie dasselbe Spiel irgendwo tagsüber spielte brach immer wieder die Dämmerung über ihre Gedanken herein und für gewöhnlich machte dies die Dinge eigenartig, erweckte Geister in ihnen oder ließ sie giftig werden, während aus ihrem Hals das Blut spritzte. Ein roter Tropfen fiel in die offene Blüte jedes Hahnenfußes auf der Wiese, das Messer fiel blutig aus einer unsichtbaren Hand auf die Erde, ihr Kopf plumpste auf eine Zeitung, und dabei gab das glatte Haar das Gesicht frei und kam als ein dunkelblonder Kreis um es herum zu liegen. Alles wurde müde und von einer Stille umhüllt, die sich nach Schlaf und Nacht sehnte. Sie beschloß, in dem Augenblick, in dem sie einmal sterben würde, etwas zu sagen, sich etwas zu wünschen, vielleicht nicht das ewige Leben, sondern daß sie in eine unzerbrechliche Muschel schlüpfen könnte. Der Tag schien sich etwas Ähnliches zu wünschen, wenn die Helligkeit schwand und er am Abend eine Muschelschale bekam, die immer dunkler wurde. Er wünschte sich, daß aus der Muschel der Nacht ein neuer, unbekannter Tag floß, und daß seine Seele aus seinen geschlossenen Augen in die Augen eines anderen Tages in einer blauen Muschelschale strömte. Da sah sie über sich die rote Nachtschnecke. Und als sie dies dachte beschloß sie, in dem Augenblick, in dem sie den Geist aufgeben würde, die Seele aus den weit geöffneten Augen entweichen zu lassen, denn sie war sicher, wenn sich die Seele durch den Hintern davonschlich, mußte sie ewig in der Hölle schmoren.

Meine Seele darf mich nicht im Stich lassen und durch den Arsch aus dem Körper zu Gott fahren, dachte sie. Dann nimmt er sie nicht auf. Sie riecht schlecht, wegen des Bösen, das ich getan habe, und er wirft sie wütend von sich und sagt: »Warum kommt diese Drecksseele zu mir?« Er tut nie etwas Unreines, er tut nie etwas Böses. Gott sagt dann barsch: »Hör mal, böse Frau, du hast dich die ganze Zeit besudelt, deine Seele stinkt, obwohl du sie in deinem Leben auf dem Hof abgewischt hast.«

Nie hatte die Kleine über die Beschaffenheit der Seele nachgedacht, bevor der Knecht anfing, ihr von ihren Wundern zu erzählen, aber nun war sie davon überzeugt, daß bei ihrem Tod die Seele wie Dampf durch irgendeine Körperöffnung entweichen werde. »Und wenn sie dann durch meine Pussi hinaus will?« dachte sie voller Entsetzen und fing an zu weinen; doch dann fiel ihr ein Ausweg ein, und sie lief einige Tage mit einem Korkstöpsel in sich herum, den sie von einer Flasche, in der Hustensaft gewesen war, gestohlen hatte. Sie war wie betäubt vom Gedanken an den Tod, bis sie zu der Überzeugung gelangte, daß die Augen des Menschen wahrscheinlich nicht nur der Spiegel der Seele seien, sondern auch eine der Öffnungen, durch die die Seele genauso gut hinausgelangen könne wie der Blick. »Und wir reisen mit der Geschwindigkeit des Lichts zu anderen Himmelskörpern und werden aufs neue in einem neuen Kind geboren. Deshalb brauchen Frauen so lange zum Kinderkriegen und Gebären, weil das Geheimnis des Lebens sie darauf warten läßt, daß ein menschliches Wesen auf einem anderen, weit entfernten Stern stirbt, bis schließlich dessen Seele in das neue Wesen, das geboren wird, schlüpft, weil das Kind ein Licht ist, das im Innern der Frau wächst; und im selben Augenblick, in dem das Lebenslicht in einem Körper draußen in einem Sternennebel erlöscht, da flammt es zugleich in einem anderen auf, der vielleicht unzählige Lichtjahre weit entfernt ist.« Sie hatte gehört, wie der Knecht dies seinem Tagebuch erzählt hatte, und daß die Frau aus diesen Gründen eine Lichtbringerin sei.

Der Knecht half ihr manchmal dabei, zu einem Glauben zu finden. Er erzählte ihr, daß der Teufel die Seele holte, wenn sie so dumm war, durch die Geschlechtsteile oder den Hintern zu entweichen.

Die Seele mancher Menschen findet sich überhaupt nicht im Körper zurecht, solange sie leben, sagte er.

Wie?

Und wenn sie sterben, sucht sie sich einen Weg hinaus durch diese unreinen Stellen, die wir so ganz und gar nicht mögen. Deshalb ist die Hölle eine Jauchegrube Wer bei Nacht durch ihre Öffnung hinunterfällt, kommt nie wieder heraus und ertrinkt, mag er auch noch so verzweifelt nach Hilfe rufen und im Morast zu schwimmen versuchen. Ein Mensch, der in der Hölle landet, ertrinkt in der Jauche, die aus den Seelen verderbter Menschen gequollen ist.

Es wäre auch widerlich, wenn die Seele durch die Nase oder die Ohren hinausgelangte, sagte sie.

Der Knecht stimmte ihr darin völlig zu. Doch er wußte nicht, an welchem Ort sie landete, wenn sie beim Tod diese Ausgänge wählte.

Vermutlich gehen Seelen, die mit einem Niesen durch die Nase entweichen, auf eine endlose Seelenwanderung sagte er.

Und durch die Ohren?

Die gehen vor die Hunde.

Das kleine Mädchen zerbrach sich oft den Kopf über solche Rätsel, zusammen mit dem Knecht, der sagte:

Wenn wir uns so gründlich den Kopf zerbrechen über die Ewigkeit, dann enden wir als Missionare in Afrika.

Er fragte sie, ob sie sich nicht im Predigen üben und damit beginnen sollten, der Tochter einen neuen Glauben zu verkünden – »doch, doch, wir werden es versuchen« – sagte er und fragte sie einmal unvermittelt:

Hör mal, meine Liebe, du bist doch eine gebildete und lebenserfahrene Frau, weißt du, wohin die Seele geht, wenn sie beim Tod durch die Nase hinausgeniest wird?

In ein Taschentuch, in die Luft hinaus oder auf den Handrücken, antwortete die Tochter umgehend.

Ich meine, wenn man den Geist aufgibt, indem man niest, sagte der Knecht. Sterbende Menschen benutzen selten ein Taschentuch.

Hör mal, mein Guter, sagte sie. Die Seele verläßt den Körper nicht plötzlich oder auf einmal, sie arbeitet von der Stunde an, in der wir geboren werden, darauf hin, den Rumpf zu verlassen. Man stirbt, solange man lebt. Der Tod ist nicht das Schlimmste am Tod, sondern die Tatsache, daß gleichzeitig das Bewußtsein schwindet, sowohl das Wissen um uns selbst, als auch das um andere. Das ist am schwersten zu ertragen. Wir wollen nicht aufhören zu wissen.

Sie saß auf dem Traktor, wie gewöhnlich äußerst nachlässig gekleidet, als sie diese kurze Rede hielt. Als diese zu Ende war, zuckte sie die Schultern, und ihr Körper war voller Sonne, doch sie bereute es, unvermutet etwas gesagt zu haben, worüber sie selbst noch nie nachgedacht hatte und was zweifellos von anderen stammte. Sie faßte sich an den Bauch, der ganz flach war, und bekam ein wenig traurige Augen. In letzter Zeit sah sie die Leute auf andere Weise an als früher; sie war weiter von ihnen entfernt und trug nur alte, zerschlissene Kleider.

»Das arme Ding, aus dem jungen Fräulein ist die Leibesfrucht geworden, die sie hat abtreiben lassen, und das macht den Körper schöner und unzugänglicher als zuvor; sie wird dadurch begehrenswerter«, hatte der Knecht zu dem kleinen Mädchen gesagt, ehe er sich mit der Tochter unterhielt. »Das kommt daher, daß sie gleichzeitig die Morgensonne und die Abendsonne geworden ist.«

Nun ging er nachdenklich von der Tochter weg, die weiterhin mit dem Traktor herumfuhr, ohne daß zu erkennen war, was sie damit bezweckte. Meistens war sie eifrig damit beschäftigt, rückwärts an etwas heranzufahren und abrupt zwischen Vor- und Rückwärtsgang hin und her zu schalten, oder sie rangierte ständig Dinge herum und brachte sie von einer Stelle zur andern, sowohl Wagen, als auch den Heuwender und andere Geräte.

»Ich habe ihr heute zugehört, und jetzt weiß ich, daß jeden Tag etwas von einem anderen Menschen in meinem Innern stirbt, auch wenn ich das kaum spüre; ich zitiere hier beinahe wörtlich ein junges Fräulein, das vor kurzem abtreiben lassen hat«, hatte der Knecht in sein Tagebuch geschrieben, wie die Kleine sah, als sie am nächsten Morgen heimlich darin las. »Doch es gibt noch viel mehr, von dem ich gar nicht weiß, daß es dort stirbt. Irgendwann einmal wache ich sicher auf und merke, daß fast alles in meinem Wesen gestorben ist.«

Er lag der Länge nach mit ausgestreckten Armen und gespreizten Beinen draußen auf der Hauswiese, als sie das heimlich las, und als sie das Buch wieder zumachte hinausging und zu ihm trat, da stand er fröhlich auf, reichte ihr die Hand und führte sie auf der Wiese herum.

Es war Sonntag, der Bauer und seine Frau waren irgendwo mit dem Auto unterwegs, und sie glaubten, die Tochter sei mit ihnen gefahren, doch da kam sie um die Ecke geschossen, rannte ins Haus und kam gleich darauf mit dem Fernglas zurück und blieb lange auf der Treppe stehen. Das Mädchen sah, daß sie es auf den Berg und den Hof an seinem Fuß richtete, auch wenn sie es zum Schein in verschiedene Richtungen schwenkte, um das zu verbergen, als sie die beiden bemerkte. Dann setzte sie sich auf eine der Stufen und streichelte den Hund, hob aber ab und zu das Fernglas und richtete es immer auf den Berg oder schwenkte es in alle Richtungen.

Der Knecht und die Kleine hatten sich unterhalb des Hügels hingelegt. Sie beobachteten die Tochter, und er sagte:

Seit kurzem ist ein deutsches Mädchen, das Pferde zureitet, in unserer Gegend. Sie arbeitet bei einem Unternehmen, das isländische Pferde exportiert. Jetzt hat sich herausgestellt, daß bislang kein Isländer richtig auf einem Pferd gesessen ist, deshalb bringt sie jungen Männern und Frauen dort in der Halle die Kunst des Reitens bei.

Er zeigte hinunter auf die Ebene, weit weg, wo der Berg in der Nähe des Flusses war. Dort sah man eine neu errichtete Halle, die noch nicht angestrichen war, und die Sonne glänzte auf dem grauen Wellblechdach.

Jetzt fahren der Bauer und die Bäuerin sonntags dorthin, um bei der Deutschen richtig reiten zu lernen, fügte er hinzu. Ein bestimmter Mann lernt auch reiten bei ihr, deshalb ist das arme Ding hier ständig mit dem Fernglas zugange. Selbst gebildete Leute glauben, daß die Reitkunst etwas Geheimnisvolles und Erregendes an sich haben muß.

Warum nimmt sie dann nicht auch Unterricht? fragte die Kleine.

Manche Frauen glauben, daß sie diese Kunst nicht zu lernen brauchen, nur die Männer. Sie glauben, sie hätten die Kunst, richtig auf einem zugerittenen Pferd zu sitzen, im Blut.

Er riß einen Grashalm ab und kitzelte die Kleine am Ohr.

Jetzt sehen dreißig Ferngläser um uns herum, daß ich »das blutjunge Kind an einem grünen Hügel im Sonnenschein belästige«, und bald fangen die Telefone an zu klingeln, und vielleicht werde ich morgen früh angezeigt wegen versuchter Vergewaltigung nach vorausgegangener sexueller Belästigung eines kleinen Mädchens an einem Sonntag.

Er drehte sich auf den Rücken und schnappte ein paarmal kräftig nach dem Sonnenschein und dem Wind.

Willst du dich vergewaltigen lassen, wenn du einmal groß bist? fragte er.

Ja, wenn das jemand kann, antwortete sie.

Da tust du der Phantasie anderer einen großen Gefallen, sagte der Knecht.

Wie? fragte sie.

Er machte wieder eine geheimnisvolle Miene und kitzelte sie abwechselnd am Ohr und an der Nase.

Andere können dann vorübergehend mit sich ein wenig von der Befriedigung empfinden, die sie sich ein Leben lang mit anderen ersehnen, sagte er. Das macht das Bedürfnis nach Kraft.

Bist du stark?
Nein, nicht genug. Keiner ist stark genug.

13.

Es war Nacht, und die Kleine wachte auf, als jemand ins Zimmer hereinkam, zu ihr ans Bett trat und sich in Luft auflöste oder verschwand. Sie stieg ganz langsam und vorsichtig aus dem Bett, um den Traum nicht zu erschrekken oder ihn aus ihrer Vorstellung zu vertreiben, und schlich in diesem Zustand des Halbschlafs hinter dem unsichtbaren Gast her in die Nacht hinaus und folgte ihm hinunter zum Fluß. Dort angelangt, wurde sie mit einem Schlag wach, als sie die Tochter bewegungslos am Ufer sitzen sah.

Die Kleine glaubte, sie sei tatsächlich zu ihr ins Zimmer gekommen und habe sie in einen neuen Traum hinein geweckt und sie aus einem bestimmten Grund im Traum zu jener Stelle am Fluß hinuntergeführt, wo er verhältnismäßig ruhig war und einem breiten Strom glich.

Das weiße, kalte Wasser floß in der grauen Nacht vorbei. Die Kleine wollte sich hinlegen und verstecken, bevor sie in unmittelbare Nähe der Tochter kam, aber diese schien ihre Anwesenheit zu spüren, schaute über die Schulter zurück und sah sie sofort. Sie sagte nichts, sondern gab ihr ein Zeichen, zu ihr herzukommen, sie aber gehorchte nicht, sondern machte kehrt und ging wieder ins Haus zurück, als verlasse sie einen unverständlichen oder bösen Traum.

Von da an schlich sie sich nachts oft hinaus, getrieben von dem geheimnisvollen und traurigen Verlangen, herauszufinden, ob die Tochter ständig am Fluß saß, und sah sie immer dort sitzen. Sie setzte sich dann auch in der Unterwäsche auf die Erde, weit hinter ihr, aber so, daß sie ihr Gesicht von der Seite sehen konnte. Sie wartete, doch das Warten galt nicht etwas Bestimmtem. Sie wartete nur mit unbeteiligter Seele, ohne zu warten. Sie wußten voneinander, sagten aber nichts, und immer, wenn die Tochter schließlich die Hand hob und ihr schweigend ein Zeichen gab, zu ihr herzukommen, dann gehorchte sie nicht, sondern machte kehrt und ging wieder ins Haus hinein, als verlasse sie einen bösen Traum.

Auf dem Weg über die Hauswiese fing sie beinahe zu weinen an, nicht aus Kummer, sondern weil es ihr so vorkam, als ob sie selbst dort sitze, an derselben Stelle an demselben Fluß, an dem zu allen Zeiten Frauen im undeutlichen Schmerz ihres Wesens gesessen sind und auch heute nacht sitzen würden, aus dem Geschlecht, das gebiert und tötet, solange die Welt sich dreht, ohne zu wissen, weshalb, und ohne es zu wollen oder traurig zu sein, sondern sie saßen einfach bei Nacht an einem Fluß im kühlen Nachtwind.

In der Nacht, während sie hinter der Tochter wartete, versetzte sie in Gedanken den Berg, wie manchmal am Tag, damit sie in die Richtung schauen konnte, in der ihr Zuhause lag, auch wenn sie nicht bis ganz dorthin sehen konnte.

Die Tochter blickte unentwegt auf den Fluß hinaus und achtete nicht auf die Kleine, obwohl sie ihr ein Zeichen gegeben hatte, herzukommen. Wahrscheinlich wollte sie, daß der Fluß plötzlich über seine Ufer trat und sie mit sich fortriß, denn die Kleine hatte selbst einmal ein nicht unähnliches Gefühl verspürt, allerdings im Zusammenhang mit der Erde: daß aus einem Graben plötzlich Arme herauskamen, sie an den Schultern packten und mit Gewalt auf die feste Erde am Grabenrand warfen. Dieses gierige Verlangen trieb sie eines Nachts flußaufwärts, und als sie außer Sichtweite war, holte sie einen glattgeschliffenen Kieselstein aus dem seichten Wasser am Ufer und legte sich ihn feucht, weich und kalt zuerst zwischen die Beine und dann auf den Nabel. Von da an schlief sie mit ihm auf sich, auch wenn sie Angst hatte, daß jemand kam, während sie schlief, ihr die Decke wegzog, den Kiesel sah und loslachte und so laut rief, daß alle aufwachten:

Sie schläft mit einem Stein auf dem Bauch!

Einige Nächte lang wurden ihre Träume furchteinflößend und gut. Die Freude darüber, aufzuwachen und am Leben zu sein, wurde immer größer, je quälender die Träume wurden. Das war nicht so mit den schönen Träumen, wenn sie mitten in der Nacht aus ihnen aufwachte, war sie enttäuscht, denn das Leben war viel schlechter als solche Träume, aber besser als die schlechten. Sie überlegte, ob die Tochter in ihrem Zimmer wohl auch mit einem Stein auf dem Nabel schlief, einem kühlen und weichen aus dem Fluß, einem flachen, gräulichen Kiesel, den das Wasser unaufhörlich umströmt und gestreichelt hatte, bis sie ihn wegholte.

Sie wußte es nicht. Am Tag erwähnte keine von ihnen ihre nächtlichen Ausflüge, und das kleine Mädchen zerbrach sich den Kopf darüber, was das sein könnte, das sie beide hinaustrieb, um entweder auf den Fluß oder zum Berg zu schauen.

Auf einer Sandbank am Ufer lag ein kleiner Kahn, mit dem man über den Fluß rudern konnte. Das tat der

Knecht manchmal am Wochenende. Er war allein auf diesen Fahrten auf dem Fluß, und die Kleine sah ihm nach, wie er im stillen, ruhigen Wasser am Ufer entlangruderte und dann plötzlich in die Strömung hinaussteuerte und sich vom schnell fließenden Wasser in der Mitte rasch flußabwärts treiben ließ und hinter einer Biegung verschwand, bis er dann viel später wieder zurückkam und im ruhigen Wasser am anderen Ufer flußaufwärts ruderte.

Warum hast du das gemacht? fragte sie.

Nur, um mich von der Strömung treiben zu lassen, antwortete er. Es tut gut, in einem kleinen Kahn in der reißenden Strömung zu sitzen, die Riemen einzuziehen und sich am liebsten bis aufs Meer hinaustreiben zu lassen. Doch das ist zu weit weg, der Kahn würde auseinanderfallen und untergehen, bevor ich aufs Meer hinauskäme.

Der Kahn schien sonst keinem anderen Zweck zu dienen, wurde jedoch benützt, um die torfige Stute zu holen, denn sie riß manchmal aus. Man hatte sie von einem Bauern auf einem ziemlich weit entfernten Hof auf der anderen Seite des Flusses gekauft, und obwohl man diesen Hof nicht sehen konnte, weil er hinter einem Höhenzug lag, kamen die Pferde von dort manchmal ans Flußufer herunter und wieherten. Wenn die Stute das sah, wieherte sie zu ihnen hinüber, als habe sie ihre Heimat nie vergessen können. Und eines Tages war das sonst so ruhige und bedächtige Tier verschwunden. Für gewöhnlich ruderte der Bauer mit seiner Tochter hinüber, um es zu holen, wenn er Zeit hatte.

Es macht richtig Spaß zu rudern, sagte er bei der Rückkehr.

Er schien sich darüber zu freuen, daß er wieder mit der alten Zeit in Berührung gekommen war, als man alles mit dem Boot über den Fluß holen mußte. Die Tochter war auch zufrieden und gar nicht geistesabwesend nach der beschwerlichen Fahrt, sondern sprach mit heller Stimme und sagte, sie denke nie daran, daß sie von zu Hause weggegangen sei, nur wenn sie ihre Altersgenossinnen treffe, die Töchter des Bauern, dem die Stute gehört hatte. Diese Mädchen waren immer bei ihren Eltern geblieben und waren auf dieselbe Weise fröhlich wie Menschen, die sich damit abgefunden haben, daß der Lebensweg nur bis zu einem gewissen Ort führt, und sie waren schon längst an diesem Ziel ihrer Erdenreise angelangt. Am Ende dieses Wegs unternahm man dann eines Tages die sinnloseste Reise seines Lebens ins Grab hinunter, aber ihnen sei es ganz egal, wenn sie dort nichts vorfänden.

Die Schwestern erinnern sich an manches, ja, an so vieles, was ich vergessen habe, sagte sie. Ich glaube allmählich fast, in die Schule zu gehen und zu studieren ist eine einfache Methode, Dinge zu vergessen, zumindest auf manchen Gebieten, wie dem der Herkunft. Ihr Denken reicht kaum weiter als dorthin, wo das Pferd und die Kühe hinkommen. Daß sie am Wochenende manchmal mit dem Auto irgendwo hinfahren, geschieht nur, um sich ein bißchen zu amüsieren, vielleicht eine Nacht lang mit einem Mann, wenn sie das Kribbeln überkommt. Dann ist es vorbei und man fährt heim, als sei nichts geschehen. Ich wollte, ich hätte diese Einstellung. Ich habe überall ein zu gutes Gedächtnis, als daß ich den Staub von mir abschütteln könnte, ohne monate- oder jahrelang Schmerz zu spüren.

Sie sagte das zu ihrer Mutter, während sie die Stute streichelte. Es war ein kräftiges Pferd, bedächtig und träge. In Wirklichkeit war es zu nichts nütze, außer um auf ihm dorthin zu reiten, wo man mit dem Auto nicht hinkam, weil das Gelände zu sumpfig und feucht war. Wenn man sonntags ausritt, wurde das kleine Mädchen auf die Stute gesetzt.

Sie ist bedächtig, sagte der Bauer, und so treu, daß sie nicht scheuen, dich abwerfen und sich aus dem Staub machen würde, auch wenn der Weltuntergang bevorstünde und sie sich durch das Weglaufen retten könnte.

Für gewöhnlich wurde sie auch auf der Stute losgeschickt, um den Leuten den Kaffee zu bringen, wenn man auf dem Teil der Wiesen Heu machte, den man nur schwer mit dem Auto erreichen konnte. Da wurde sie auf ihrem Rücken hin und her geworfen, bis sie Seitenstechen bekam. Die Tassen im Korb klapperten unangenehm im Takt mit den Stichen. Der Rücken der Stute war so breit, daß es kaum möglich war herunterzufallen. Auf dem Hof gab es viele Bilder von Kindern auf diesem Pferd. Auf einem Bild saßen fünf Kinder auf ihm. Im Fotoalbum gab es mehr Bilder von der Stute als von jedem anderen Pferd. Manchmal blieb sie einfach stehen und ließ sich durch nichts zum Weitergehen bewegen. Das kleine Mädchen schlenkerte mit den Beinen, aber die Stute rührte sich nicht. Sie blieb so lange stehen, daß die Kleine glaubte, sie sei eingeschlafen. Da hätte sie beinahe geweint vor lauter Verzweiflung über das unverständliche Benehmen des Tieres, aber als die ersten Tränen fließen wollten, zuckelte die Stute weiter. Die Kleine beschloß, so zu tun, als ob sie weinen müsse, um die Stute an der Nase herumzuführen, doch die merkte, daß es nicht echt war, eine gegen sie gerichtete List, und blieb dann zur Strafe länger ruhig stehen.

Diese ausgezeichnete Stute schlüpft ganz plötzlich in eine andere Gestalt, um über das Leben und die Welt nachzudenken, sagte der Knecht. Sei auf der Hut. Eines Tages könnte sie versteinern. Wenn du spürst, daß sie erstarrt, dann mußt du schnell herunterspringen, sonst steigt der Stoff, der sie zu Stein werden ließ, auch von hinten in dich hinauf und verwandelt dich in ein steinernes Weib. Das sind fürchterliche Frauenzimmer.

In Gedanken sah sie, wie die Stute hart wurde und ihr eigenes Mark erstarrte, so daß sie zu einem Standbild am Straßenrand wurden, und es kamen Touristen dorthin, um es zu besichtigen, und der Knecht sagte:

Das war einmal eine echte Stute mit einem echten Mädchen auf dem Rücken.

Es machte ihr keinen Spaß, ständig die dummen Geschichten des Knechts zu hören, die sie nicht ganz verstand, weil sie ihr so fremd waren; aber er hatte manchmal Tränen in den Augen vor Freude, wenn er über ihrem Inhalt alles vergaß, und wollte nicht mehr aufhören. Das fand sie am seltsamsten.

Warum erzählst du diesen Unsinn? fragte sie.

Etwas muß ich mir ausdenken und meinem Tagebuch anvertrauen: daß ich einen Unbekannten getroffen habe, der mir das in der Einsamkeit hier erzählt hat, antwortete er. Ich habe keine andere Liebste als mein Tagebuch.

Dabei sah er so traurig drein, daß die Kleine ihn streichelte. Da wurde er verlegen und dann verdrehte er die Augen, starrte ins Blaue und bat sie, ihn noch einmal zu streicheln und es ihm zu sagen, wenn ihr irgendeine Dummheit in den Sinn komme.

, Ich sammle auch Witze, um sie einer Liebsten erzählen zu können und ihr Eindruck zu machen, wenn ich auf Freiersfüßen bin, um mir eine zukünftige Ehefrau zu holen, sagte er und lachte kindisch.

Die Kühe vergaßen abends manchmal, nach Hause zu kommen. Dann ritt die Kleine auf der Stute los, um nach ihnen zu suchen und sie zu holen. Die Tochter machte ein Farbfoto von ihr auf dem Rücken der Stute, als im Hintergrund die Sonne über dem Berg unterging. Das Mädchen wurde ungeduldig und wollte das Bild möglichst bald sehen und fragte oft, ob der Film schon zum Entwikkeln eingeschickt worden sei.

Nein, antwortete die Tochter. Aber mach dir keine Sorgen, du bleibst auf dem Film. Alle Kinder, die im Sommer hierher kommen, sollen ein Bild von sich auf der Stute bekommen, solange sie lebt.

Dann sagte sie, daß das Bild in ein Album eingeklebt würde, und es kämen neue Kinder und würden darin blättern und wissen wollen, wer die anderen gewesen seien.

So vergehen die Jahre und schließlich vergeht so lange Zeit, daß sich keiner mehr daran erinnert, was für Kinder das waren, sagte die Tochter. Dann heißt es: »Oh, sie war nur irgendein gewöhnliches Mädchen.« Aus dir, die du jetzt ein bestimmtes Mädchen bist, und so groß, wird dann irgendeine alte Frau geworden sein, die vielleicht schon gestorben und längst vergessen ist, und alle fragen:

Ob sie wohl noch lebt? Keiner weiß es. Du bist einfach vergessen.

Bei diesen Worten wurde die Kleine nachdenklich, auch wenn sie an nichts Besonderes dachte, außer daran, daß etwas auf ihre Augen drückte, und sie konnte die

Zeit nicht verstehen und wie sie mit den Jahren nichts Besonderes werden konnte. Sie versuchte, darüber nachzudenken und eine Antwort zu finden, an die sie sich halten konnte, aber schon bald dachte sie an etwas anderes. Schließlich wußte sie nicht einmal, an was sie zuerst gedacht hatte. Selbst der gestrige Tag war größtenteils vergessen, und das machte nichts, der heutige Tag war trotzdem genauso gut oder genauso schlecht, und was machte das schon, wenn schließlich alles zu Vergangenheit wurde und die Namen vergessen worden waren, an die man sich zu einer bestimmten Zeit hatte erinnern müssen.

Immer wenn sie traurig war und der Knecht dies sah, legte er freundlich seine Hand zwischen die Schulterblätter auf ihrem Rücken, und sie versuchte, ihm das zu erzählen, was er viel besser wußte als sie, und er sagte es, bevor sie selbst die Worte dafür finden konnte. Abends saß er am Tisch und schrieb in sein Tagebuch und sagte, wenn sie ihm zuschaute:

Es ist am allerbesten, die Vergangenheit zu vergessen. Trotzdem rate ich dir, anzufangen Tagebuch zu führen.

Warum?

Um es dem Liebsten zu zeigen, wenn du ihn gefunden hast. Dann kann er dich kennenlernen. Ich trage immer die Lebensgeschichte, das Leben und mich in ein Tagebuch ein, damit meine zukünftige Ehefrau darin lesen kann. »Jetzt finde ich sicher eine Liebste, bevor ich mit diesem Heft fertig bin«, sage ich mir, wenn nur noch wenige Seiten übrig sind. Das mache ich, um die Liebsten zu mir herzuzaubern. Sie können doch nicht einfach zusehen, wie ein Heft nach dem andern voll wird, ohne daß mein Wunsch in Erfüllung geht! Nein. Die Hefte werden voll und keine Liebste tritt in mein Leben. Ich türme mich in geschriebener Form auf, die Lebensgeschichte wird immer länger, aber die Möglichkeiten nehmen ab. Ich fülle nichts als Schreibhefte. Ich schreibe unzählige Tagebücher, aber ich finde keine Liebste. Also sage ich mir: »Na ja, wenn du deine Tagebücher nicht der Liebsten schenken kannst, dann werden sie eben ein Geschenk für die Ewigkeit. Sie ist auch nicht schlecht.«

Nachdem der Knecht das gesagt hatte, wackelte er lächelnd mit dem Kopf. Es war, als glaube er in Wirklichkeit kein Wort von dem, was er sagte. Deshalb lächelte er zum Schluß.

Es ist trotzdem besser, sich den Buchstaben anzuvertrauen als anderen Menschen, sagte er. Am meisten fürchte ich mich davor, daß ich dann, wenn ich endlich eine Liebste finde, schon so viel über mich geschrieben habe, daß ich ihr den Stapel reiche und sage: »Also meine Hübsche, wenn du deinen zukünftigen Ehemann unbedingt kennenlernen willst, dann lies diese privaten Aufzeichnungen sorgfältig Wort für Wort«, und sie dann sagt: »Ach, du liebe Güte, ich habe keine Lust, all dieses Zeug zu lesen, das lohnt sich nicht. Ich löse die Verlobung und heirate lieber einen unehrlichen Lügner, der weder Bescheinigungen noch schriftliche Beweise für, ja, Gott weiß, was, vorlegen muß.«

Das kleine Mädchen fragte, warum er nicht die Tochter zur Liebsten nehme.

Weil das so einfach für mich wäre, jetzt, während das arme Vögelchen noch nach dem letzten in der Mauser ist, antwortete der Knecht. Sobald sie mich zum Liebsten hätte, würde sie einen anderen haben wollen, und ich würde auch eine andere als sie haben wollen, denn dann wäre ich ja richtig auf den Geschmack gekommen, was eine Liebste betrifft, und deshalb, weil wir, jedes auf seine Art, einen Fehler gemacht hätten bei einer gefühlsmäßigen Rechenaufgabe, die sich am Ende nicht lösen ließ, weil das Ergebnis zu einfach war.

Das verstehe ich nicht, sagte die Kleine.

Das glaube ich gern, sagte er. Aber möchtest du nicht immer ein neues Bonbon, wenn du ein besonders süßes gelutscht hast?

Doch, antwortete sie.

Mit den Liebsten ist es genauso. Und deshalb ist es am besten, man sucht sich keine. Dann macht man sich die Zähne nicht kaputt.

14.

Obwohl es ein sehr sonniger Sommer war, zogen manchmal auch Wolken am Himmel auf, wahrscheinlich nur, um die Tage nicht zu langweilig werden zu lassen mit ihrer eintönigen Helligkeit und Trockenheit. Die Wolken unterbrachen in passenden Abständen das einfarbige Blau, so daß man nach einem schönen und trockenen Abschnitt von passender Länge immer mit Regenschauern rechnen konnte, und dann erwachte die Erde in warmer Feuchtigkeit aufs neue zum Leben.

Wenn es regnete, gingen alle ins Haus, und draußen in der Natur war nichts als der Regen. Die Natur war draußen in der Natur. Und wegen der langanhaltenden Trockenheit wurde sie klatschnaß und der Regen nasser als gewöhnlicher Regen. Nur die Hühner liefen draußen im Regen herum und schüttelten durchsichtige Regentropfen von den roten Kämmen. Die Kleine sah ihnen durch das Fenster zu, oder sie stellte sich in den Hauseingang, wollte sie an den Füßen die feuchte Kühle des Regens spüren, der draußen auf die Erde prasselte, den Duft des zuvor knochentrockenen Grases und der Erde riechen, wenn sie erwachten, und gleichzeitig die Wärme fühlen, die aus dem Innern des Hauses kam und den Rücken umspielte.

Am lustigsten war es bei den heftigsten Regengüssen, dann erfüllte das Rauschen die Luft, und die Tropfen klatschten auf das Rübenkraut und schlugen es wie kleine, grüne, weiche Trommeln.

Am lautesten prasselte es auf dem Dach der Scheune. Sie ging hinein, um zuzuhören, wenn es besonders heftig regnete, legte sich ins Heu und versank in dem lauten Geräusch, das war wie ununterbrochener Schlaf und Ruhe, die vom Himmel herabfiel. Das Rauschen ließ das Heu fremdartig und trockener erscheinen, als es in Wirklichkeit war, sein Duft wurde schwer, herb, sauer und mischte sich mit dem nassen Geruch der Erde draußen und wurde eins mit dem wohlriechenden Behagen in ihrem Innern. Doch nichts anderes kam vom Himmel herab, um sich sanft auf sie zu legen und sie fest ins Heu zu drücken, nichts, nur zuerst das vereinzelte Aufschlagen von Regentropfen und dann ein immer lauter werdendes Trommeln, das schließlich zu einem Schwall mit unzähligen Variationen wurde.

Der Regen brachte überall Ruhe. Im Haus herrschte Schläfrigkeit. Das Essen lag einem schwer im Magen. Und die Menschen schliefen und schliefen. Das Haus roch nach klatschnassen Träumen, wenn die Leute einander mit geheimnisvollen Blicken ansahen, die in sehnsuchtsvoller Benommenheit unter schweren Augenlidern schwammen. Der Knecht fuchtelte mit den Armen, als wolle er die Tochter greifen, wenn sie abends in ihr Zimmer ging, um sich schlafen zu legen. Er war nach der vorausgegangenen Arbeit so müde, daß er, wenn er nach dem Mittagsschlaf aufwachte, immer noch schlief, auch wenn er sich mühsam auf den Beinen hielt oder am Tisch saß und sich über das Gesicht strich. Beim Mittagskaffee erzählte er seltsam kichernd irgendeinen Unsinn und sprach, als ob er benebelt sei. Die Tochter sah ihn steif an und rauchte. Der Bauer kam nur in die Küche, um schnell den Kaffee zu trinken, sagte aber nichts, ging mit dem Fernglas zum Hauseingang, schaute herum und sah nur das verschwommene Land im strömenden Regen.

Der Knecht schlich sich dann hinaus in die Scheune und schlief, alle viere von sich gestreckt, ein. Er lag wie ein riesengroßes X im Heu. Als die Kleine mit einer Schüssel Abfälle zu den Hühnern hinausgeschickt wurde, ging sie rasch in die Scheune, um zu sehen, wie er schlief. Sie hielt die leere Schüssel in Händen und fing an, zuerst mit den Fingern und dann mit den Nägeln leise auf ihren Boden zu klopfen, während der Knecht wie ein riesiges X im Heu schlief. Für sie waren alle Tage gleich. Sie mußte immer dies und das erledigen. Jetzt schlüpfte sie in ihren schwarzen Regenmantel nicht mehr hinein, sondern hängte sich ihn lose über den Kopf, wie gelähmt vor Schläfrigkeit, wenn sie das Geräusch des Regens auf dem wasserdichten Stoff hörte. In diesem Augenblick war sie nicht unter dem Mantel und auch nicht in der Scheune, sondern ein trockenes Bündel in einer schwarzen Haut, die sie und die Welt verhüllte. Sie war ein Junges in einem schwarzen Ei mit schwarzer Schale und sie wartete darauf, daß jemand die Schale zerbrach, so daß sie hinaus ins Leben und zu den anderen Leuten schlüpfen konnte, während der Knecht bewegungslos wie ein riesengroßes X dalag und sanft schlief, und sie ihn ansah und mit den Nägeln leise auf den Boden der Schüssel schlug.

Dann hörte der Regen auf, das Dach der Scheune verstummte und draußen in der Natur erwachten die Geräusche. Die Vögel zwitscherten wieder. Man sah Autos auf der Straße durch die Gegend fahren. Der Bauer kam hellwach mit dem Fernglas an die Haustür. Das Telefon begann zu klingeln. Der Knecht zog die Arme seines X ein, stand auf, trat langsam aus der Scheune und sagte, während er sich träge streckte:

Wie viele Bauerntöchter wohl jetzt während dieses langen Regenschauers schwanger geworden sind?

Die Kleine hörte ihm nicht zu, sie beobachtete die Vögel draußen auf der Weide. Sie fand jetzt nicht mehr, daß sie wie braune Steine aussahen, die irgendein zorniger Geist aus der Erde heraufschleuderte. Sie hatte sie schon früher in diesem Sommer gesehen, als sie ihr entweder nachliefen oder vor ihr her rannten. Sie blieben stehen, schauten sich um, liefen los, warteten immer, sahen sie kommen und führten sie an der Nase herum, manchmal mit leisem Jammern, oder sie breiteten die Flügel aus und schlugen heftig damit auf die Erde. So klagten die Vögel.

Sie wußte, daß dieses Gebaren bedeutete, daß sie wahrscheinlich irgendwo Nester hatten, doch sie hatte nie eines im Moor gefunden, so viel sie auch suchte. Der Pflanzenwuchs war so dicht, und die Jungen waren klein und hatten sicher die gleiche Farbe wie die Erde. Aber obwohl die Brutzeit schon vorüber war und die Jungen wahrscheinlich bereits fliegen konnten, hatte sie noch immer das Gefühl, daß sie aus Versehen auf eines getreten sei und es zerquetscht habe, so daß der blutige Brei aus ihnen zusammen mit dem rotbraunen Moorschlamm unter ihren Füßen wegspritzte. Sie schauderte jedesmal, wenn sie daran dachte, daß sie sich auf den Füßen eines Vogelmörders fortbewegte.

Die Wolken wälzten sich weiter durch die Tage und Wochen, unterschiedlich grau draußen am Horizont, doch manchmal krochen sie langsam am Himmelsgewölbe hinauf und füllten es bis zum Scheitelpunkt, wenn das strahlende Blau unangenehm wurde für die Augen. Auch der Fluß schien in den Himmelsbogen hinaufgeströmt zu sein, und er legte sich in diesem Augenblick in Gestalt eines Nebels um die Stirn des Berges. Dort wurde er vom reißenden Luftstrom in einer spitzen Dampfsäule weitergetrieben, bis der Südwestwind ihn auseinanderriß und wieder in das Flußbett hinunterschleuderte. Gleichzeitig wurde es hell über dem Berg. Der Fluß verschwand wieder im Fluß, die Sonne vertrieb den Regen und strahlte wieder, die Erde trocknete, der Lufthauch schüttelte die Tropfen vom Laub und die Hunde bellten. Das kleine Mädchen streckte die Hand aus, um den kalten Kuß des letzten Regentropfens zu spüren. Die Tochter kam aus dem Haus, um sich schnell wieder mit den Maschinen an die Arbeit zu machen, und der Knecht wurde aufgeregt und benahm sich furchtbar komisch, als er sie vom Eingang der Scheune aus sah, und rief ihr mit schriller Stimme nach:

Der Sommer in deinen Augen ist wie ein Traum, und der Wind wird lüstern in deinem Kleid, auch wenn die Schenkel stärker sind als er, und du ihn – Gott weiß, wie – verjagst.

Die Tochter lachte laut über ihn und verzog das Gesicht.

Du bist aber gut aufgelegt nach dem Mittagsschlaf, sagte sie verächtlich.

Bald war sie mit dem Traktor verschwunden, man hörte nur ihr unmusikalisches Singen, das wie Rufe durch das Tuckern des Traktors drang, den man vom Hof aus nicht sehen konnte.

Der Knecht sah grinsend das Mädchen an und flüsterte einschmeichelnd:

Meine Kleine, kennst du den Regen, der auf sich selbst regnet und ...?

Er schaute verlegen weg und verstummte.

Die Kleine ging ins Haus und setzte sich auf ihr Bett; sie wunderte sich ein wenig. Da erinnerte sie sich plötzlich daran, daß sie als kleines Kind einmal mit ihren Eltern an einen fremden Ort gegangen war, es war unten am Meer. Nun sah sie den schwarzen Meeressand, die flachen Felsen und die Pfützen deutlich vor sich. Der Geruch war wie nach einem Regenschauer, und sie hatte sich auf den Fels gelegt und Wasser aus einer Pfütze getrunken. Das Wasser hatte einen schwachen Sandgeschmack. Kaum hatte sie es mit den Lippen berührt und diesen schwachen Geschmack bemerkt, da sah sie, daß in einer Spalte eine kleine Blume wuchs. Über dem schwarzen Sand war ein Regenbogen. Dort gab es keine Pflanzen, nur Felsen und diese Blume, aber sie fand auch eine rote Muschel.

Das ist eine Jakobsmuschel, sagte ihre Mutter. Diese Muscheln sind immer rosa.

Ihr Vater hatte dann gesagt »horch mal«, und sie hörte das Meer, und das Geräusch hatte etwas mit der rosaroten Muschel zu tun. Und jetzt hörte sie wieder dasselbe einschläfernde Geräusch des Meeres, als sie sich auf dem Bett zusammenkauerte, genau auf dieselbe Weise wie zu jener Zeit, die so weit zurücklag, daß sie sich kaum mehr daran erinnerte, und sie konnte die rosa Muschel so weit vom Meer weg fühlen. Sie schloß die Augen und hörte, wie auf dem gespielt wurde, was sie für die blaßrosa Harfe des Meeres hielt, der Klang durchzog das ganze Land und sein Gesang wand sich in Schlangenlinien den ganzen Weg entlang, auf dem sie im Frühjahr gekommen war; er drang suchend auf Anhöhen hinauf und in Schluchten hinunter und sprang über Brücken, die ganze Strecke bis zu ihr in die Brust hinein, in unendlicher Entfernung von seinem Ursprung, so daß sie sich in der Dunkelheit in Gedanken nach der Blume in der Spalte ausstreckte, aber nur merkte, daß sie, auf ihrem Bett sitzend, eingenickt war.

Kennst du den Regen, der auf sich selbst regnet und...? wiederholte sie das, was der Knecht gesagt hatte.

Eine Zeitlang war ihr zum Heulen zumute, weil sie die Blume nicht erreicht hatte mit jenen Händen, die sie in diesem Sommer nach und nach verlor. Unwillkürlich faßte sie sich an die Brust, denn sie bekam Herzklopfen, und dann wurde sie von Angst gepackt: Sie bekam schon Brüste. Sie schnappte nach Luft vor Überraschung und Entsetzen. Es war genauso, als seien ihr bei dem Regenschauer, der am Nachmittag gekommen war, plötzlich die Brüste gewachsen. Sie schlich sich aufs Klo, um die Sache im Spiegel anzusehen und um sich kratzen zu können, ohne daß es jemand sah. Als sie eine winzige Rötung entdeckte, die sich von dem weißen Körper abhob, wurde ihr schwach in den Knien, und sie setzte sich auf den

Badezimmerstuhl. Sie bekam auf einmal Angst, daß sie vielleicht auch schwanger geworden sei, nur weil sie gesehen hatte, daß der Knecht wie ein riesengroßes X im Heu lag. Deshalb zog sie vorsichtig ihre Hose aus, nahe daran, in Ohnmacht zu fallen, schaute sich schüchtern zwischen die Beine und versuchte dann, ein großes Geschäft zu machen, aber sie konnte es nicht. Die Brustwarzen saßen ruhig auf der weißen Brust und waren vielleicht ein bißchen gerötet, weil sie eifrig bemüht waren zu wachsen.

Durch die Tür hörte man menschliche Stimmen, und sie hörte auf, sich zu betrachten. Die Tochter war von der Arbeit mit den Maschinen nach Hause gekommen, sie klopfte einige Male, doch die Kleine antwortete nicht. Da sagte sie zu jemandem:

Am Wochenende findet ein Bezirkstreffen statt, habe ich gehört.

Mach auf, Mädchen! rief sie.

Die Kleine schaute sich rasch an und sah nichts Unnormales an ihrem Körper.

Das ist bloß Einbildung, dachte sie, zog schnell das Kleid über die Hüften herunter und versuchte, normal dreinzublicken.

Mädchen, mach auf! rief die Tochter. Ich weiß, was du tust.

15.

Den Rest der Woche hatte die Kleine tagsüber immer ein Auge auf die torfige Stute, denn sie hatte Angst, das Pferd könnte kurz vor dem Bezirkstreffen plötzlich ausreißen und der Bauer hätte keine Zeit, über den Fluß zu rudern, um es zu holen, so daß sie entweder zu Hause bleiben oder mit dem Auto fahren müßte, weil sie nicht zusammen mit den anderen reiten könnte.

Sie wußte, daß es üblich war, daß die Leute zu Pferd auf das Fest kamen und ihre Autos daheim ließen, es sei denn, man nahm die Alten mit, damit sie an dem Gottesdienst teilnehmen konnten, der unter freiem Himmel abgehalten wurde.

Als das Wochenende näherrückte, fing man an, nach den Sätteln, Gurten und Zaumzeugen zu sehen. Im Haus roch es plötzlich angenehm nach Leder, und da bemerkte die Kleine etwas, das ihr bisher nicht aufgefallen war, nämlich daß die meisten Dinge im Haus aus Kunststoff gemacht waren, auch die Blumen. Auf dem Gang bürstete die Tochter die Sättel und rieb jeden Riemen blank, und im Wohnzimmer verfuhr sie auf dieselbe Weise mit den alten Reitpeitschen und begutachtete deren silberne Beschläge mit großem Interesse.

Endlich kann ich einmal mit den Maschinen fahren, sagte der Knecht mit froher Miene. Ich bin nicht mehr der Laufbursche des jungen Fräuleins. Aber sie hat eine unglaublich schöne Peitsche!

Die Tochter verbrachte jetzt den ganzen Tag damit, sich um die Pferde zu kümmern. Bei den Mahlzeiten sprach sie in begeisterten Worten von allen Pferden, die man auf dem Hof gehabt hatte, soweit sie sich zurückerinnern konnte, sie zählte sie auf und beschrieb sie genau. Sie zog auch das Pferdealbum hervor und zeigte Bilder von ihnen und las aus der Pferdechronik vor, die von zwei Generationen aufgezeichnet worden war. Auf dem Flur hängte sie das Plakat auf, das sie gekauft hatte, mit den Bildern von isländischen Pferden und der Beschreibung ihrer Färbung. Wenn sie damit fertig war, sagte der Knecht immer dasselbe:

Gute Reitpferde sind offensichtlich gesund für manche Seelen.

Der Bauer schien nicht zu wissen, wie er diese immer wiederkehrende Bemerkung des Knechts aufnehmen sollte, und sagte:

Überhaupt hat das Land und alles, was es dort gibt, einen guten Einfluß auf die Menschen, Männer und Frauen, Jung und Alt.

Nicht das schöne Geschlecht, sagte der Knecht kurz angebunden.

Es kommt eben darauf an, wie man es betrachtet, sagte der Bauer in selbstzufriedenem Ton.

Es läßt sich nur auf eine Art und Weise betrachten, sagte der Knecht.

Es kommt ganz darauf an, um wen es sich handelt, sagte die Frau mit Nachdruck, und damit war das Gespräch beendet.

Abends ritt der Bauer mit seiner Tochter aus, um die Pferde zu bewegen und für das Treffen einzureiten. Sie hatte den Walkman bei sich und die Kopfhörer auf den Ohren, und der Knecht sagte, er finde es schade, daß es noch keine kleinen japanischen Fernsehapparate gebe, die man am Sattelknopf befestigen könne, für Leute, die reiten. Die Tochter gab darauf keine Antwort, sagte aber, um nicht auf das Thema eingehen zu müssen:

Die Deutsche, heißt es, wird auf dem Treffen ihre Reitkunst vorführen. Sie soll in der berühmten Reitschule in Wien gelernt haben, wo die Pferde die Leute mit der Vorderhand begrüßen, wie wohlerzogene Hunde. Aber man kann sie nicht dazu abrichten, daß sie die Hausschuhe oder die Reitstiefel des Bauern im Maul daherbringen, wenn sie ihn in den Stall kommen sehen; sie finden wohl, daß das unter ihrer Pferdewürde ist.

Ihre Eltern taten, als ob sie nicht gehört hätten, was sie sagte. Da sah sie mit weit aufgerissenen Augen den Knecht an und atmete lautstark durch die Nase und deutete auf diese Weise an, daß sie keinen Humor hätten. Er war an einem Abend mit dem Jeep hingefahren, um der Deutschen beim Zureiten auf der Pferdekoppel zuzusehen, und sagte, er habe sich sehr darüber gewundert, wie schnell sie an einem Abend von ihm Isländisch lernte, viel schneller als er ihre Reitkünste.

Das einzige, was sie unbestreitbar gut macht, ist, die Pferde schnell die Beine heben zu lassen, als ob sie riesengroße, hoch- und leichtfüßige Spinnen seien, die Halt suchend in der Luft herumtappen, sagte er.

Was? fragte die Tochter.

Sie stellen sich auf die Hinterbeine und bewegen die Vorderbeine fast wie gewisse Spinnen, die sich über ihr Netz hinaus verirrt haben, sagte der Knecht geheimnisvoll.

Soll das eine Kunst sein? fragte die Tochter.

Das kommt darauf an, wie man die Reitkunst betrachtet, antwortete der Knecht.

Vielleicht in Wien, aber nicht hier in Fludasel, sagte der Bauer kurz und bündig.

In alten Zeiten kamen die Pferde der Helden feurig mit Donnerschlag aus den Wolken heraus, doch nun traben sie zahm beim Sonntagsausritt und beißen höchstens geifernd auf die Trense, und die Stuten sind sanft, lassen sich leicht führen und gehen im Paßgang, sagte der Knecht.

Die Hausfrau war der Ansicht, man solle den Export von Pferden ganz verbieten.

Isländische Pferde sollen nur für Isländer dasein, sagte sie. Ausländer reiten vielleicht besser auf Pferden als wir, künstlerisch gesehen, meine ich, aber sie werden nie ein Teil ihrer Seele. Die Deutsche unterrichtet einen Reitstil, der gut für den Rücken und das Kreuz ist, aber Ausländer sind nicht wie wir wirklich zu Hause auf dem Pferderücken.

Andere Bauern in der Gegend scheinen nicht so zu denken wie du, sagte der Knecht. Sie verkaufen ständig ihre ungezähmten Pferde für den Export und das Dressieren und bekommen gutes Geld dafür.

Gewinnstreben hat mit mir und meiner Überzeugung nichts zu tun, sagte die Frau mit Nachdruck.

Die fünf Nachbarhöfe lagen dicht beieinander und hätten eine Art Weiler gebildet, wenn nicht jeder von ihnen sich auf seinem eigenen Hügel erhoben hätte. Diese Hügel glichen alle riesenhaften, runden, grünen, verschieden großen, umgedrehten Gefäßen mit ziemlich flachem, glattem Boden. Darauf hatte man die Wohnhäuser gebaut, die Nebengebäude jedoch unterhalb davon an den leicht abfallenden Hängen und verhältnismäßig weit weg von den Wohnhäusern, damit die Fliegen, die es um die Haustiere herum gab, nicht so leicht hineinfliegen und sich in den Zimmern breitmachen konnten. Der Weg zwischen den Höfen war nicht eben weit, doch man hatte fast keine Verbindung untereinander; jeder beobachtete die andern und alle, die unterwegs waren, mit seinem Fernglas. Man vermied es bewußt, das Fernglas für alle sichtbar am Hauseingang zu benutzen, sondern brachte es statt dessen an der unteren Gardine des Küchenfensters in Stellung. Dagegen scheute man sich nicht, es draußen auf der Treppe vor aller Augen auf entferntere Höfe zu richten. Die Leute hatten dort aus irgendwelchen Gründen in diesem Sommer immer fünfzigsten Geburtstag, mit großen Feierlichkeiten bis in die Nacht hinein; und entweder waren häufig nicht die richtigen Gäste eingeladen, oder es war seltsam, gewisse Leute dort zu sehen.

Am Tag, an dem man zum Bezirkstreffen ritt, verschwanden die Streitigkeiten der Nachbarn über Zäune und der Ärger darüber, daß die Kühe möglicherweise anderes Gras an anderen als den ihnen zustehenden Stellen gefressen hatten. Man ritt von allen Höfen etwa zur selben Zeit los. Jede Gruppe ritt von ihrem Hofplatz aus in einer Reihe den Hügel hinunter. Dann sammelte man sich unten auf der Straße, die eben und geteert dicht neben dem Fluß über die Moorwiesen führte. Die Leute begrüßten einander fröhlich, und anschließend ritt man gemeinsam weiter, wobei man sich lebhaft, aber unzusammenhängend über nichts Besonderes unterhielt, als habe man alles hinter sich gelassen – die Vergangenheit, die alltäglichen Streitereien, die Arbeit, das Vieh und den Hof – und befinde sich in einem gelobten Land, wo nie endenwollende Freude und erhoffte Zügellosigkeit herrschten. Die Höfe auf ihren Hügeln blieben allein zurück im Sonnenschein, sie ähnelten Spielzeughäusern oder einer Kinderzeichnung, allerdings fehlte der schwarze Rauch aus dem Kamin. Nur die Kleine fühlte sich ausgeschlossen und konnte an nichts anderes als den harten Rücken des Pferdes denken und versuchte, die schlimmsten Stöße dadurch aufzufangen, daß sie sich fest in die Steigbügel stellte, um auf diese Weise den Hintern anzuheben. Wegen schmerzhafter Stiche im Körper war sie nie im Takt mit anderen und ritt ganz hinten. Die Kinder auf den anderen Höfen, die nicht zu arbeiten brauchten, weil die Eltern für ihren Sommeraufenthalt bezahlten, und die hinfälligen alten Leute hatte man schon mit den Jeeps vorausgefahren.

Je weiter das Mädchen hinter den anderen zurückblieb, und je stärker die Stiche im Körper wurden, desto mehr ähnelte sie einem Kartoffelsack, der auf einem harten Brett hin und her geworfen wurde, in einer fremden Welt voller Sonne und Staub auf dem Reitweg neben dem nassen Moor, wo die Gräser still aus den glitzernden Teichen hervorlugten. Sie wurde so völlig allein in der Stille, als sie die anderen Leute nicht mehr hören konnte, und diese von einer Staubwolke auf dem Reitweg neben der Landstraße verdeckt wurden, daß ihr die Fremdheit fast zum Greifen nahe zu sein schien, und sie fühlte sich so wohl, daß sie sogar Angst davor hatte, wieder unter viele Menschen zu kommen, wenn sie am Ziel war. Sie hatte sich fast in die unsichere Welt der Fremdheit verloren, als sie sah, daß die Staubwolke, die die Reiter aufwirbelten, lichter wurde, auf den Weg fiel und die Tochter sichtbar werden ließ, die droben auf der Fahrstraße auf sie wartete. Sie drehte sich mit dem lebhaften, unruhigen Pferd an derselben Stelle auf der erhöht liegenden, geteerten Straße im Kreis, ohne zu der Kleinen herüberzuschauen. Aber sobald sie die Tochter sah, gab es für sie kein anderes Ziel mehr, als auf sie zuzureiten und dankbar ihre Begleitung anzunehmen. Und als sie sich dem Pferd näherte, zerfloß sie vor Freude und Unterwürfigkeit. Die Tochter sagte nur:

Versuch, mit den anderen mitzuhalten und nie zurückzubleiben, sonst verirrst du dich nur. Du findest nicht allein hin.

Mit diesen Worten ritt sie von der Straße herunter auf den Reitweg und galoppierte davon.

Die Erde hüpfte, die Berge schaukelten. Alles war undeutlich und in Bewegung vor den Augen der Kleinen: auf und ab, verschwommen und zerrissen. Die Berge wackelten hin und her wie ein dicker Brei, während unzählige Nadeln von dem stoßenden Pferd durch sie hindurchgingen. Der Sonnenschein wurde durchgeschüttelt wie gelber Saft in einer Flasche. Sie jammerte leise mit halboffenem Mund, um die Schmerzen zu mildern; und sie glaubte, sie würden den Ort, an dem das Treffen stattfand, nie erreichen. Manchmal ritt die Tochter weit voraus und verschwand in der Staubwolke am Straßenrand, oder sie hielt an und wartete auf sie, ritt aber dann weiter und sagte ungeduldig, weil sie ihrer eigenen Hilfsbereitschaft leid geworden war:

Versuch jetzt endlich, mit den andern mitzuhalten.

So ritten sie endlos, obwohl die Kleine hoffte, daß die Tochter sie endlich in Ruhe lasse und das Pferd sie weitertrage, ganz gleich, wohin. Und es war ihr auch gleich, wenn sie bis in alle Ewigkeit weiterritten und nie an ein Ziel kamen. Es war fast so, als habe die Tochter ihren Wunsch gehört, sie wartete nicht mehr auf sie, sondern trieb das Pferd an und galoppierte in dieselbe Richtung davon, in die die anderen Leute geritten waren. Nach kurzer Zeit war sie im Staub auf dem Reitweg verschwunden, und als sich der lichtete und wieder auf die Erde fiel, waren sie und das Pferd nirgends zu sehen; die anderen Leute auch nicht.

Das Mädchen war jetzt allein auf seinem Pferd.

16.

Plötzlich kam die Tochter im Galopp dahergeritten. Die Kleine hatte es nicht bemerkt und meinte, sie müsse eingedöst oder eingeschlafen sein, vornübergebeugt auf den Hals des Pferdes, das Gesicht in der rauhen Mähne vergraben. Sie fuhr auf, als das Pferd loslief. Sie wurde hin und her geworfen, blickte auf, sah, wer gekommen war, und kicherte verlegen mit gesenktem Kopf und versuchte eine Zeitlang, neben der Tochter herzureiten, die ihr Pferd vor sich hertrieb und es manchmal mit der Peitsche schlug.

Nein, bat sie kläglich, denn sie wurde so geschüttelt, daß ihr alles weh tat und sie es bereute, überhaupt mitgeritten zu sein.

Sie holten die andern ein, die an einer flachen, grasbewachsenen Stelle am Flußufer kurze Rast machten. Die Leute saßen dicht nebeneinander und sahen lachend, den Mund voller Essen, die beiden Mädchen an.

Als man wieder auf die Pferde stieg, zogen hellgraue Regenschauer über den Berg, an dem das Bezirkstreffen in einer nach Süden hin abfallenden Senke stattfinden sollte. Der oben herum kahle, unbewachsene Berg fiel zum Flachland hin ab, als ob sein Schädel skalpiert und ihm die Kopfhaut in Richtung Süden heruntergezogen worden sei. Dort bildete sie eine hufeisenförmige Senke, die in eine Wiese überging, welche bis zum Ufer eines anderen Flusses reichte. Am Rand der Ebene schlug die Wiese zunächst flache Wellen, doch dann kamen ziemlich hohe, langgezogene Hügel, schließlich Berge und das Hochland und ganz im Innern die Sommerweiden.

Man sah, wie Leute aus allen Gemeinden der Gegend zu Pferd dem Versammlungsplatz zuströmten. Autos fuhren in einer Staubwolke den Weg entlang, der von der Hauptstraße zu der Wiese führte. Die Leute, die am weitesten entfernt waren, verschwanden bisweilen in dunklen, bläulichen Regenschauern. Dann lugte die Sonne wieder hervor und fegte sie mit ihren Strahlen nach Westen.

Man soll unter allen Umständen versuchen, nie hinter den anderen zurückzubleiben, sagte die Tochter zu der Kleinen, schlug mit der Peitsche tüchtig auf ihr Pferd ein und galoppierte los.

Sie ritt ihr davon und verschwand mit den andern in einem Regenschauer, der ganz in der Nähe niederging.

Die Kleine blieb allein auf der Straße zurück, das Pferd wurde allmählich immer langsamer und zuckelte wieder gemächlich dahin. Das Tier hatte es nicht eilig, es kannte offensichtlich den Weg und wußte, wohin es gehen sollte, nur keine Hast, das Treffen würde sich bis in den Abend hinein hinziehen.

Die Aussicht wurde immer freier, je länger die Kleine in aller Ruhe auf der Sonnenseite des Regengebiets weiterritt und das Donnergrollen aus den dunklen Wolken hörte. Alles war silbern, die Erde und der Himmel waren mit Seen und Wolken durchflochten. In der Ferne schienen sich die Seen in einem zitternden Aufwind zu den Wolken zu erheben, und die Sonne verlieh ihren Rändern eine durchsichtig goldene Farbe.

Das Pferd war stehengeblieben. Es stand unbeweglich in der Stille des Himmels und der Erde, die im Sonnenschein schwach dampfte. Ab und zu wurde die Stille von einem seltsamen Gurgeln im Boden neben der Straße unterbrochen, wenn an verschiedenen Stellen Luftblasen aus dem Moor aufstiegen.

Die Kleine lehnte sich vor auf den Hals des Pferdes und schlief halb ein, während das Tier langsam weiterging, und es kam ihr so vor, als fahre sie auf einem braunen, warmen Schiff, das bequem durch die aufgewühlte See pflügte, auf einer Reise, von der sie nicht wußte, wo sie enden würde. Der Pferdegeruch stieg ihr in die Nase und ganz vereinzelt summte eine Fliege. Jetzt war ihr alles gleich, als sie sich auf das Pferd vorbeugte, das Gesicht tief in die Mähne vergrub und mit beiden Händen seine Ohren umfaßte und spürte, wie sie sich steif, pulsierend und angenehm an ihrer Handfläche bewegten, wie geheimnisvolle Lebewesen.

Als sie schließlich zum Versammlungsplatz kamen, hatten die Leute schon die Pferde abgesattelt und auf die Pferdekoppel getrieben. Im selben Augenblick kam dort ein Mädchen angeritten, und mit ihr, oder ihr hinterher, eine ganze Schar junger Männer.

Oh, da kommt die Deutsche, sagte jemand ehrfurchtsvoll.

Das Mädchen ritt an der Spitze, ernst, als gehe sie nichts anderes etwas an als sie selbst, ihre Reitkunst und das Pferd, das die Vorderbeine ungewöhnlich hoch anhob und sie blitzschnell bewegte, als wolle es sich auf vornehme Weise die Füße vertreten, während es sich gleichzeitig in raschem Sprung fortbewegte. Seine Beine waren nach vorne abgebogen, und es setzte die Hufe einen Augenblick lang weich auf die Erde, wie eine behende Spinne, die auf einem warmen Moospolster läuft. Es war eigentlich ein schrecklich eingebildetes Pferd, das die Augen verdrehte und den Hals beugte und den Kopf mit dem von Schaum triefenden Maul auf die Brust senkte. Es sah so aus, als wolle es mit dem Kopf gegen etwas anrennen oder sich in innerer Wut den Hals aufbeißen, könne das aber nicht wegen des Mädchens, das die Zügel in der Hand hatte. Deshalb hatte das Pferd Schaum vor dem Maul.

Nun, die Reitkunst scheint darin zu bestehen, einem gewöhnlichen Pferd eine unnatürliche oder närrische Gangart beizubringen, sagte die Hausfrau.

Nein, das ist ausgesprochen schön, sagte die Tochter trocken. Man sieht, wie durch eine gute Dressur etwas Gewöhnliches stilisiert und so zu etwas Ungewöhnlichem gemacht wurde. Das ist das ganze Geheimnis.

Ach so, sagte ihre Mutter. Versteht man dann nichts mehr von Pferden?

Du denkst nur an die Nützlichkeit des Pferdes und an die alte Sentimentalität der Kleinbauern, oder daran, daß du auf ihm dorthin gelangst, wo du hinwillst.

Vielleicht fällt einem ein Pferd eher auf, wenn es so ist, mit gebogenem Hals oder tief gesenktem Kopf, ganz gekrümmt beim Laufen, sagte ihre Mutter. Das könnte ein Pferd sein, daß sich am liebsten in ein rasendes Schneckenhaus verwandeln würde.

Das ist der Sinn der Sache, sagte der Bauer. Das Tier ist ständig angespannt, es wird ihm Zwang angetan, das Pferd wird nervös gemacht, und auf diese Weise entsteht die sogenannte Schönheit seiner Bewegungen.

Sie verfolgten eine Weile schweigend die Reitkünste des Mädchens.

Einer der Männer in ihrer Begleitung grüßte die Leute vom Hof, als er vorbeiritt. Anstatt einfach zurückzugrüßen, warfen sie verstohlene Blicke auf die Tochter. Sie beantwortete seinen Gruß damit, daß sie freudig winkte und mit dem Finger schnipste, und er bewegte die Hand hin und her, fing den Schnipser mit der offenen Handfläche auf, umschloß ihn mit den Fingern und hielt ihn in der Faust fest.

Prima! rief die Tochter und lachte spöttisch, leise und knurrend.

Die Deutsche ließ ihr Pferd jetzt rückwärts gehen, wiehern und mit unruhigen, ruckartigen Bewegungen sein Hinterende senken, als wolle es auf dieselbe Weise scheißen, wie es Hunde tun, oder sich auf einen unsichtbaren Stuhl oder Thron setzen. Dann streckte es sich sogleich wieder und bäumte sich auf, wedelte mit den Vorderfüßen in der Luft herum, entweder abwechselnd oder fast gleichzeitig. Dabei beugte sie sich auf seine Mähne vor und ließ den Zügel los, so daß es einen Augenblick lang in die Luft starrte, um dann davonzuschießen, hinaus in die Freiheit, der sie rasch wieder ein Ende bereitete, als sie das Pferd schön traben ließ. Sie trug weiße Reithosen, eine schwarze, taillierte Jacke, blank geputzte Reitstiefel und eine schwarze Schirmmütze.

Man könnte glauben, sie sei hergekommen, um ihre Kunststücke vorzuführen, sagte jemand.

Die Männer sahen sie mißtrauisch und aufmerksam an, und hinter ihrem Lächeln verbarg sich ein leichtes Minderwertigkeitsgefühl, doch gleichzeitig auch ein gewisser Eifer. Wenn sie auf ihren Pferden saßen und diese antrieben, dann geschah das, um die Tiere leicht, aber fest an die Erde gebunden über das Gelände laufen zu lassen, sie hielten sie mit den Beinen unter sich fest und hatten sie in ihrer Gewalt. Das Mädchen saß ganz anders auf dem Pferd, sie stilisierte es und befreite es von seiner

Erdgebundenheit, verwandelte es in Materie, die aus Fleisch und Blut war und sich danach sehnte, immateriell zu werden und fliegen zu können.

Ja, das ist vielleicht ein ausgezeichneter Reitstil für Fabrikanten in Deutschland oder die Schauspieler in Reykjavik, die den Bestand an Pferden wieder vergrößern wollen, aber nicht für uns Bauern, wir werden das Pferd wohl kaum jemals zu einem künstlerischen Spielzeug machen, sagten die Männer spöttisch, aber doch so, als ob sie wüßten, daß der Bauer das Pferd zweifellos für alle Zeiten verloren und dafür den Jeep bekommen hatte, denn wenn man es genau betrachtete, hatte er nie etwas von Reitpferden verstanden, sondern nur von Packpferden, hatte nie etwas begriffen von der Sehnsucht des Pferdes nach dem Höhenflug der Materie in der Dichtkunst und der Welt der Götter. Sie hatten es nur zu ihrem nützlichsten Diener gemacht, und lediglich in den erdgebundenen Einfällen ihrer Gelegenheitsverse zu ihrem Gefährten, nicht aber zu einer abstrakten Sehnsucht des Geistes nach Schönheit und stilisierter Würde.

Deshalb wandten sie sich ziemlich verdrießlich ab und wollten das Schauspiel nicht sehen. Statt dessen stapften sie über das höckerige Heideland zum Platz, an dem das Treffen stattfinden sollte.

Dort standen ein paar schlecht gekleidete, frierende Kinder, die schon blau vor Kälte waren, und starrten die Kleine an. Sie tranken Limonade und rülpsten um die Wette. Manchmal liefen sie aus purer Langeweile plötzlich los, hielten auf einem unbewachsenen Stück Erde an, scharrten dort mit den Füßen herum oder bewarfen einander mit Lehm. Sie schienen ein besonderes Sportfest für Kinder abzuhalten, bevor das eigentliche mit den

Haupthelden begann, die sich abseits hielten und unten auf der Ebene eifrig damit beschäftigt waren, sich aufzuwärmen oder ihre Kniegelenke geschmeidig zu machen, während ein junger Bursche etwas, das wie weißes Mehl aussah, in geraden und kreisförmigen Streifen auf den Sportplatz streute. Zwischen den geraden, langen Streifen waren die Bahnen für die Laufwettbewerbe, die kreisförmigen waren für den Weitwurf.

Beim Anblick der Sportler versuchten manche unwillkürlich, sich geschmeidig und sportlich zu bewegen. Doch die alten Weiber sagten immer wieder voller Entrüstung:

Tja, meinem Körper könnte man so etwas nicht zumuten; das hätte keinen Sinn.

Trotzdem sahen sie hingerissen den Übungen der durchtrainierten, gelenkigen Sportler zu und glaubten vielleicht im stillen, ihr Fleisch bekomme auf diese Weise neue Kraft für den Nachmittag in den Grasmulden.

17.

Während man darauf wartete, daß das Treffen eröffnet würde, wußte die Kleine nicht, was sie tun sollte. Die Menschen gingen ruhelos auf dem Platz umher und sprachen kurz miteinander oder riefen sich Grußworte zu. Hier kannten sich offenbar alle, aber sie kannte keinen außer den Leuten, mit denen sie gekommen war. Die ließen sie stehen und wurden gleich in die Gesellschaft der anderen aufgenommen, so daß sie sich ausgeschlossen vorkam und vergessen wurde und bei der Fröhlichkeit der anderen gleichsam ihren Sinn verlor.

Dann wurde das Treffen eröffnet, und es half ein klein wenig, daß Reden gehalten wurden, denn da hörten die Leute schweigend zu und blieben an derselben Stelle stehen. Sie stand eingekeilt in der Menge, sah nichts und hörte wenig, aber dank der Wärme von den Körpern kam sie sich nicht ganz so verlassen vor. Die Bewegung, das sinnlose Herumstreifen auf Hängen und Wiesen war am allerschlimmsten, und anderen zu begegnen, nicht zu wissen, ob sie grüßen sollte oder versuchen, mit irgendwelchen Leuten mitzugehen, obwohl sie sie nicht kannte.

Zögernd betrat sie das Zelt, in dem Kaffee verkauft wurde. Am Eingang stand eine Frau mit einem Schuhkarton voller Münzen und Geldscheine, die so zerknittert waren, daß es aussah, als bewegten sie sich und wollten aus der Schachtel herausklettern. Die Frau fragte:

Wem gehörst du?

Sie schien die Frage sofort wieder vergessen zu haben und interessierte sich nicht für die Antwort, denn sie ließ die Schachtel mit dem Geld einfach stehen und machte sich hinter einem Leintuch zu schaffen, das vor eine Ecke gespannt war. Hinter dem Leintuch wurde Kaffee für den Verkauf gekocht und Kuchen auf Teller verteilt. Dort hörte man die Frau laut rumoren.

Das kleine Mädchen ließ vom Zelteingang aus den Blick über die Landschaft wandern: die Flüsse, die Berge; und das gelbliche Licht vom Segeltuch des Zelts, auf das in diesem Augenblick die Sonne schien, bewirkte, daß sie wie im Scheinwerferlicht oder in einer Art künstlichem Sonnenschein dastand, während die Landschaft draußen grün im natürlichen Sonnenlicht lag. Sie geriet in einen Gemütszustand, in dem sie spürte, daß ihre Eltern unendlich weit weg waren, und sicher schon gestorben oder jedenfalls nicht mehr da, und sie selbst als gelbliches, unwirkliches Mädchen in einem Kaffeezelt an einem fremden Ort stand, und deshalb antwortete sie:

Keinem.

Da sah sie, daß die Frau nicht mehr neben dem Schuhkarton saß. Also blieb sie unbeweglich in dem Lichtschein stehen, bis die Frau wieder zurückkam und die herausquellenden Geldscheine mit der flachen Hand fest in die Schachtel hinunterdrückte und fragte:

Was willst du?

Ich gehöre keinem, sagte das Mädchen.

Die Frau warf ihr einen raschen Blick zu, ehe sie wieder den Frauen hinter dem Leintuch beim Tisch ganz hinten im Zelt etwas zurief, und sagte zerstreut:

Na ja, dann geh hinaus.

Das Mädchen gehorchte auf der Stelle und trollte sich. Draußen war niemand, den sie kannte, und sie wanderte wieder ziellos zwischen den Menschengruppen herum. »Wenn ich ein Pferd hätte, könnte ich es anderen zeigen«, dachte sie und stapfte über die Wiese zur Pferdekoppel. Dort standen ein paar alte Männer, die sich die Pferde anschauten und Geschichten von berühmten lebenden oder längst verstorbenen Pferden erzählten. Und neben der Koppel hockten einige junge Burschen, die offensichtlich betrunken waren, auf ihren Pferden. Sie wollten so sitzen bleiben und während des ganzen Treffens nicht aus ihren Sätteln steigen, sondern dort in aller Ruhe weitertrinken.

Im Sattel bekommt man den besten Schwips, sagte einer, und alle lachten.

Andere junge Männer saßen auf einem Grasbuckel und riefen zu jenen hinüber, sie würden wetten, daß sie nicht genug Ausdauer besäßen, um bis zum Ende des Treffens auf den Pferden sitzen zu bleiben, sie müßten früher oder später aus dem Sattel steigen, um sich an eine Frau heranzumachen oder zu pinkeln, wenn sie nicht schon vorher im Suff auf den Boden herunterfielen.

Das glaube ich nicht. Man kann im Sattel alles machen, sowohl pinkeln, als auch eine Frau aufreißen.

Dann berichteten sie von Abenteuern, die sie angeblich selbst erlebt hatten, und stets saßen sie dabei auf einem Pferd. In groben, wortreichen Erzählungen versanken sie in Quicksand und Morast, konnten sich nur unter größter Kraftanstrengung wieder daraus befreien oder wurden um ein Haar fast bis zur Hölle hinabgezogen. Die einen, die ausgestreckt auf der Erde lagen, kugelten sich vor Lachen über die offensichtlich erlogenen Heldentaten und Bewährungsproben, während die anderen selbstgefällig in ihren Sätteln hin und her rutschten. Doch die Kleine gruselte sich und war erstaunt, als sie sich in Gedanken einen Augenblick lang in einen Morast hinabziehen ließ, und der schreckliche Fisch, der dort lauerte, sie mit einem Giftzahn in den Zeh biß.

Ein paar großspurige ältere Männer gingen an den jungen Burschen vorbei. Sie hatten das Auftreten und die Miene von wichtigen Leuten, die Ländereien, Vieh, erwachsene Kinder und ausreichende Heuvorräte haben. Sicherheit, Geldbesitz und die Tatsache, daß sie Kühe im Stall hatten, stand ihnen im Gesicht geschrieben. Sie hatten auch längst das Alter überschritten, in dem die Männer endgültig aufhören, Frauen gegenüber mit fordernder Stärke aufzutreten, und statt dessen ihre Schwäche ausspielen und eine klägliche Unterwürfigkeit an den Tag legen.

Die Kleine folgte ihnen in einiger Entfernung. Es war ganz gleich, wohin sie kamen, sofort wurde vom Vieh gesprochen und ständig hieß es Guten Tag und Schön, sich wieder einmal zu sehen. Trotzdem verlor sie die Männer irgendwo aus den Augen, doch dafür erkannte sie den Schauspieler, der einen Abschnitt aus einem Werk vorgetragen und dabei eigenartige Grimassen geschnitten hatte, so daß sie statt dessen ihm nachging. Er spazierte jetzt über den Festplatz wie ein gewöhnlicher Mensch, schien die meisten zu kennen und hatte ständig ein breites Lächeln auf den Lippen. Er hatte sich einem dicken Mann und einer Frau angeschlossen, die oben auf der Tribüne zwischen zwei Fahnen Reden zu Ehren der Frauen und zu Ehren der Männer halten sollten.

Ihnen voraus ritten zwei Männer auf schönen Pferden mit wehenden Fahnen. Sie hielten die Fahnenstangen ziemlich weit von sich gestreckt in der rechten Hand und stützten sie dadurch ab, daß sie das untere Ende auf die Zehenkappe ihrer Stiefel stellten. Das fanden alle patriotisch und feierlich, und jemand sagte, diese Bauern hätten keine Hühneraugen, sonst könnten sie die Last der Stangen auf den Zehen nicht ertragen.

Der gute isländische Brauch, eine Rede zu Ehren der Frauen zu halten, darf nicht in Vergessenheit geraten, sagte der Schauspieler, und sein breites Lächeln ging noch mehr auseinander.

Er kam kaum vorwärts auf dem Festplatz. Die Leute hielten ihn immer wieder an, viele sagten, sie hätten ihn irgendwo gesehen, und dann erwiderte er sehr freundlich, »das ist gut möglich«, doch wenn jemand sagte, er habe ihn im Fernsehen gesehen, dann fragte er »wann?«, als ob er entweder regelmäßig auf der Mattscheibe sei und sich deshalb nicht an jede einzelne Sendung erinnern könne, oder völlig vergessen habe, ob er jemals im Fernsehen aufgetreten sei. Dadurch wirkte er sehr liebenswürdig.

Eine Frau dankte ihm herzlich für alle seine Rollen in allem, was er auf der Bühne gespielt hatte, und da sagte er:

Ich habe einen Traum. Schon seit meiner Kindheit habe ich mir immer gewünscht, ein Wochenendhaus an diesem schönen Ort hier in dieser blühenden Gegend bauen zu können.

Um seinen Wunsch zu erklären, fügte er hinzu, daß er als Kind in den Ferien hier auf einem Hof gewesen sei und immer nasse Füße gehabt habe im Moor, doch das habe ihm und seiner Gesundheit nichts anhaben können – »ich habe eine eiserne Gesundheit« – und vielleicht werde er sich etwas kaufen, vielleicht ein passendes Grundstück für ein kleines Wochenendhaus, wo er pausieren könne, um sich zu erholen und Streß abzubauen, falls er damit betraut werde, im Gemeindesaal ein gutes Stück aufzuführen.

Ja, das wäre ein großer Ansporn für die Laienspielgruppe, wenn sie einen erfahrenen Mann hätte, um die Aufführung beim nächsten K-Fest zu leiten, sagte die Frau. Wir sind völlig ungeübt in der Schauspielkunst.

Aber ihr habt dafür die Freude am Spiel, sagte der Schauspieler. Sie ist die Hauptsache, auch beim professionellen Theater.

Nicht einmal von ihr haben wir genug, sagte die Frau mit einem verlegenen Lächeln. Es ist nie möglich, Leute zusammenzutrommeln, die Entfremdung in den menschlichen Beziehungen ist ungeheuer groß, selbst auf dem Land.

Das ist schlimm, sagte der Schauspieler, aber dem kann man dadurch abhelfen, daß man richtig sprechen lernt.

Das kleine Mädchen konnte das Gespräch kaum hören, denn die Blaskapelle Die Schwäne hatte zu spielen begonnen und der Pfarrer stand oben auf der Tribüne. Er legte die Spitzen seiner ausgestreckten Finger gegeneinander. Seine Frau hatte das patriotische Gedicht bereits vorgetragen. Sie war rot im Gesicht, und als sie den Schauspieler sah, bat sie ihn, einen Gruß an die Frau des Direktors des Nationaltheaters auszurichten.

Bist du nicht bei ihm? fragte sie. Seine Frau und ich waren nämlich in den Ferien zusammen auf einem Hof, wir waren beide aus Reykjavik, aber ich bin bei den Kühen geblieben und bedaure es ganz und gar nicht, hier meine grauen Haare bekommen zu haben.

Sie lachte und fügte hinzu:

Ihr habt sicher eine große Hilfe an euren Ehefrauen.

Absolut, antwortete der Schauspieler.

Da bemerkte er, daß ihn die Kleine schon seit längerem verfolgt hatte, drehte sich plötzlich um und sah sie so an, daß sie das Weite suchte.

Später am Tag, als der Sportwettkampf zu Ende war, waren die meisten betrunken. Da fingen sie an zu grölen und dem Schauspieler zuzurufen:

Wir wollen Nachahmungen.

Die Hofbesitzer standen aufrecht in Gruppen bei den weißen Kränzen aus Fahnenstangen und gaben durch ihre Rede zu erkennen, daß sie überstehen würden, was auch immer kommen mochte, selbst wenn andere hilflos auf dem Boden lagen und nicht mehr richtig sprechen konnten. Die Fahnen flatterten über ihren Köpfen, weil sie ernste Probleme von Land und Volk unter ihnen bereden wollten. Der Schauspieler grüßte die Großbauern wie seinesgleichen auf der Bühne, aber sie winkten nur ein wenig mit ihren großen Händen in seine Richtung, während laute, gellende Worte aus ihren Mündern strömten und die nassen Fahnen ab und zu in plötzlichen Windböen laut knatterten.

Auf der Tribüne hatte wieder die Blaskapelle zu spielen begonnen. Sie trug blaue Uniformen und weiße Mützen mit einem Abzeichen über dem schwarzen Schirm. Darauf schwamm ein weißer Schwan auf blauem Grund und einem weißen Strich, der einen See oder das Meer darstellen sollte. Sie spielte ausschließlich beschwingte Marschmusik, obwohl kaum einer der Besucher des Treffens sich noch richtig auf den Beinen halten konnte, wenn man von ein paar älteren Frauen absah.

Ganz plötzlich war die Blaskapelle verschwunden. Es war, als ob sie sich in Luft aufgelöst hätte. Die Tribüne war eine Zeitlang leer. Es kam ein Regenschauer, und das Holz der Tribüne glänzte weiß in der Nässe. Dann hörte es auf zu regnen, die Sonne schien darauf und das Wasser verflüchtigte sich in einem leichten Dampf und bildete trockene Flecke. Da stieg die Tanzkapelle hinauf und begann zu spielen.

Die Kleine wanderte vom Festplatz aus den Hang hinauf und wollte sich für den Rest des Tages irgendwo verstecken, bis die Leute sich auf den Heimweg machten, doch sie fand nirgends eine Stelle ohne Menschen. Fast in jeder Bodensenke lag ein Mann auf einer Frau, um sie vor den Regenschauern zu schützen. Die Männer hatten die Hosen heruntergelassen und ihre nackten Hintern leuchteten weiß. Als das Mädchen an einer der Senken vorbeiging, zog ein Mann, der eine Frau vor dem Regen beschützte, seine Uniformmütze und nickte ihr zu, ohne sich von der Frau herunterzubegeben, die kreischte:

Wen grüßt du, während du das hier machst?

Guten Tag, mein liebes Mädchen, sagte der Mann feierlich und ruhig, ohne ihr Antwort zu geben.

Die Frau wandte den Kopf zur Seite, sah das Mädchen neugierig an und rief atemlos:

Schäm dich, unanständiges Ding. Ist so klein und starrt erwachsene Leute an, die ihren Verrichtungen nachgehen. Verschwinde.

Nachdem sie das gesagt hatte, drehte sie den Kopf wieder ruckartig zurück, lachte, breitete die Arme aus und streckte zwischen ihren Lippen die Zunge heraus, um den Mann zu hänseln, der Hals und Kopf nach hinten bog, die Mütze abnahm und hochhielt und immer wieder die Kleine grüßte, die starr dagestanden und die beiden angesehen hatte, jetzt aber zurückwich und weiter den Hügel hinaufging. Als sie ganz oben angelangt war und über den Abhang hinunterschaute, um die Aussicht zu betrachten, sah sie, daß überall am Fuß des Hügels verstreut die ganze Blaskapelle Die Schwäne im weißen Hemd auf Frauen lag, um sie auf diese Weise vor dem Regen zu schützen; die Musiker hatten ihre blauen Hosen heruntergelassen und ihre nackten Hintern leuchteten. Das glänzende Blasinstrument, auf dem sie zuvor auf der Tribüne mit großem Eifer gespielt hatten, lag neben jedem von ihnen. Keiner hatte die Schildmütze abgenommen. Die Kleine blickte im Regen lange auf das lebhafte Treiben am Berghang hinab. Nachdem sie eine ganze Weile die Blaskapelle betrachtet hatte, stand einer der Musiker wie aus einem Vogelnest auf, ohne seine Hose wieder hinaufzuziehen: Er packte seine glänzende Trompete, die im Sonnenlicht blinkte, denn es regnete nicht mehr, und blies so kurz und fest hinein, daß die Kleine meinte, durch die Luft eine schallende Ohrfeige zu bekommen. Sie wich erschrocken zurück und lief davon. Beim Laufen sah sie undeutlich, daß sich hierauf auch die anderen Männer von den Frauen erhoben, denn nun lachte wieder die Sonne und sie brauchten nicht mehr über ihnen zu liegen; die Sonne schien auf die nackt in ungezwungenen Stellungen daliegenden Frauen. Als die Kleine ganz sicher nicht mehr gesehen werden konnte, ertönte hinter ihr aus jeder Bodensenke Trompetenklang, der so laut war, daß sie glaubte, die Mitglieder der Blaskapelle kämen langsam und bedrohlich hinter ihr her, mit herunterhängenden Hosen, flatternden weißen Hemden und silbrigen Trompeten am Mund zwischen aufgeblasenen Backen. Doch als sie wagte zurückzuschauen, sah sie nur die weißen Wolken über der Anhöhe und das frischgewaschene Blau des Himmels. Da setzte sie sich keuchend in eine Senke, in der niemand lag, und machte, die Finger vor dem Mund, eine Verschnaufpause.

Plötzlich saß ein älterer Bauer neben ihr und sah sie an. Schließlich fragte er:

Bist du von hier aus der Gegend?

Nein.

Dann bist du aus Reykjavik.

Ja.

Nein, ich sehe, daß du noch zu jung bist, um dich in einer Senke mit einem einzulassen.

Er seufzte und sah sie von der Seite an.

Es ist nicht gut, wenn Mädchen Beeren suchen gehen, bevor die Beeren blau und reif und ausgewachsen sind und der Beerenkorb bereitsteht, sagte er. Ich habe nur nach meinen Leuten gesucht, um sie zum Kaffee einzuladen.

Dann fragte er, wie alt sie schon sei.

Neun.

Ja, dann wollen wir lieber nur Kaffee trinken, wie es sich gehört, sagte er, nachdem er sie lange angesehen hatte. Aber das soll nicht heißen, daß ich mir nichts aus unreifem Obst und so weiter mache.

Die Sonne schien so hell, daß er die Augen zusammenkniff. Er fing an, sie nach seinen Leuten zu fragen, als ob sie sie kenne, weil sie alle verschwunden seien.

Hast du sie gesehen? Meine Alte ist leicht zu erkennen.

Nein, antwortete sie. Nur die von der Blaskapelle.

Ja, wer eine glänzende Trompete hat, der kann sich alles mögliche erlauben und die alten Scharteken wieder auf Trab bringen, sagte er.

Kaum hatte er den Satz beendet, da wurde die Luft um sie herum in der Senke wärmer. Sie wagte nicht wegzugehen, und er sah sie immer wieder an.

Ich zeige dir die Blaskapelle, sagte sie.

Dann packe einen uralten Mann und zieh ihn auf die Beine, bat er.

Sogleich wurde alles ein Spiel. Er grunzte vor Vergnügen, als sie ihn lachend hochzog. Er ließ dann ihre Hand nicht mehr los, und sie machten sich Hand in Hand in Richtung Festplatz auf. Der alte Mann ging mit schweren Schritten, und sie hüpfte lustig um ihn herum von einem Grashöcker zum andern, wollte dabei aber seine Hand nicht loslassen; er hatte ungewöhnlich lange Arme, und deshalb konnte sie ziemlich weit weghüpfen von ihm Seine Hand war warm und fühlte sich angenehm rauh an

Die Leute schauten sie an, weil sie aus der dem Festplatz entgegengesetzten Richtung kamen. Ein junges Mädchen spazierte mit einem jungen Mann nicht weit von der Stelle, an der sie gesessen hatten, und kam gleich zu dem alten Mann gelaufen.

Das ist meine Tochter, sagte er mit Wärme zu der Kleinen, und um seine Lippen spielte ein schwaches Lächeln. Die beiden gehen nicht Hand in Hand wie wir.

Wo habt ihr euch versteckt? fragte das Mädchen, als ob sie ihn gesucht habe.

Der Junge war schnell weggegangen, als ob das Mädchen nichts mit ihm zu tun habe.

Na, wo schon? fragte der Mann. Vermutlich waren wir draußen auf der Heide, wie andere Leute auch.

Ich meine dich und Mama, sagte das Mädchen.

Deine Mutter ist verschwunden und kommt sicher nie mehr zurück, und ich habe mich auch verirrt, obwohl ich den Festplatz gut kenne.

Die Tochter lächelte und glaubte ihm nicht und sagte spöttisch:

Du würdest dich gern ins Verderben stürzen, Alterchen, aber du bist schon zu alt, um dich wirklich zu verirren. Du hast dich in der Nacht nicht verirrt, und schon gar nicht hier am hellichten Tag, wo überall Leute sind.

Dann hakte sie sich bei ihm ein und führte ihn neben sich her weiter. Eine Zeitlang wurde die Kleine, die an seinem anderen Arm hing, mitgezogen, doch dann ließ er ihre Hand los. Sie ging ein wenig zögernd und enttäuscht hinter ihnen her, spürte aber bald, daß sie wieder ohne jeden Bezug zu dem Treffen war, obwohl wieder die Sonne strahlte und sie selbst einen freundlichen alten Mann getroffen hatte.

18.

Auf der Tribüne, wo vorher die Rede zu Ehren der Frauen gehalten worden war und die Blaskapelle Marschmusik gespielt hatte, wurde jetzt getanzt. Ständig drängten sich Leute hinauf, eher Annäherungsversuche machend als sich in den Armen liegend, vollführten dort ein paar seltsame Schritte und wackelten wild hin und her, schienen es dann aber nicht lange auf den Brettern auszuhalten. Das galt vor allem für die jungen Leute. Wenn ein Mann mit einem Mädchen auf die Tribüne ging, machten sie ein paar unsichere Tanzschritte, das Mädchen zuckte unruhig mit den Achseln und warf den Kopf hin und her, als sei es ganz durcheinander und wisse nicht, ob und auf welcher Seite es seine Wange an die Schulter des Mannes lehnen solle. Noch ehe es eine Entscheidung getroffen hatte, waren sie schon wieder unten und waren irgendwohin verschwunden. Dagegen tanzten in einer Ecke an derselben Stelle ständig ein paar vollschlanke Frauen miteinander, und einige ältere Leute gingen auch nie von der Tribüne herunter. Sie schienen immer dieselben Schritte in denselben Stellungen zu machen, drehten aber den Kopf nach links und beobachteten diejenigen, die wieder gingen, oder wandten ihn nach rechts und ließen sie nicht aus den Augen, auch als sie wieder unten waren. Unter diesen Tänzern waren ein Mann und eine Frau mittleren Alters, beide ausgesprochen gut angezogen, gepflegt und wohlriechend in weiten Kleidern und unentwegt künstlerisch tanzend, wie die Kleine die Leute um sich herum an der Umzäunung der Tribüne sagen hörte:

Diese Leute kommen, um künstlerisch zu tanzen, und nicht, um jemanden aufzureißen.

Die Frau glitt in einem weiten, weißen Kleid dahin, das im Stil genau zu dem breiten, aber starren Lächeln auf ihren Lippen paßte. Der Mann schwebte leicht mit ihr in seinen Armen über die Tanzfläche, doch bisweilen hielten sie einen Augenblick lang an, um einander in die Augen zu schauen, ehe er ihr abwechselnd seine Knie zwischen die Beine stieß, je nachdem, wie sie den Takt wechselten, und sie nach hinten zurückbog, so daß sie ihren Mund noch mehr öffnete und ein paar Regentropfen zu schlucken schien. Anschließend richtete er sie wieder sanft auf, während sie wie in den letzten Zügen auf dem schwarzen Ärmel seiner Smokingjacke lag. Doch dann erwachte sie langsam und lächelnd aus dem Scheintod seliger Verzückung, ihre Augen funkelten vor sprachloser Begeisterung angesichts des Lebens, und sie tanzten den ganzen Tag lang den künstlerischen Tanz und verschwanden nie irgendwohin. Sie gingen nicht einmal während der kurzen Regenschauer schnell für einen Augenblick in das Kaffeezelt, um eine Erfrischung zu sich zu nehmen, sich aufzuwärmen oder Bekannte zu treffen und zu sagen:

Schrecklich lange her, seitdem man sich gesehen hat.

Hierauf wurde davon gesprochen, daß die Leute viel öfter zusammenkommen müßten, es würde allen guttun, alte Bekanntschaften aufzufrischen und sich vielleicht regelmäßig ein paarmal im Jahr zu treffen; Leute aus derselben Gegend und sogar Nachbarn kennen sich kaum noch.

Die Frauen saßen für sich an langen Tischen, schwatzten und sagten, man müsse auch einen gemeinsamen Spielplatz für die Kinder in der Gegend einrichten, und man brauche einen Kindergarten, einen Frisiersalon und ein Meditationszentrum, wo sich müde Hausfrauen wieder erholen könnten, die Frauen sollten einfach die Autos in den Sumpf werfen, für die Leute in der Gegend wäre es am besten, sich von einer dafür ausgebildeten Person beibringen zu lassen, wie man von einem Hof zum andern joggt, Natur war genügend vorhanden, auf diese Weise könnten vor allem Frauen ihre Schlappheit abschütteln.

Ihr Bauernweiber solltet lieber schnellstens einen Auffrischungskurs für alte Jungfern besuchen! rief ein betrunkener Mann.

Die Frauen lachten schallend.

Na also, Gott sei Dank gibt es noch betrunkene Kerle der alten Schule, die das Maul aufreißen, sagten sie.

Die Kleine hatte sich allein an einen leeren Tisch gesetzt und Kaffee getrunken. Auf einem Stuhl am Nebentisch saß ein Betrunkener. Es war ein Mann mittleren Alters, der schon lange dort gesessen hatte, und die Leute mieden ihn oder er vertrieb sie, weil er manchmal aufbrauste und laut wurde und ganz anders als die anderen. Wenn er Gäste im Kaffeezelt ansprach oder sich mit ihnen unterhielt, gab er bald Unsinn und Geschwätz von sich, von dem keiner wußte, was es bedeuten sollte. Als das Mädchen den Platz wechselte und sich zu ihm setzte, es war nämlich ein ziemlicher Abstand zwischen ihnen und den anderen und nur noch ganz wenige hielten sich im Zelt auf, obwohl im Augenblick ein anhaltender Regen mit weichem, einschläferndem Rauschen darauf niederging, da zog er ganz plötzlich seine Jacke aus und krempelte die Ärmel seines Hemds auf.

Schau, sagte er und zeigte ihr seinen rechten Unterarm, der tiefe Schrunden und Abschürfungen hatte, die eiterten und blutig waren.

Weißt du, was das ist? fragte er und kam mit der Stirn so dicht an sie heran, daß sie den Schnapsgeruch aus seinem Mund bemerkte.

Das Atmen schien ihm schwerer zu fallen, nachdem er ihr seine Stirn entgegengestreckt hatte, und es überkam ihn eine schwere, angenehme und irritierende Schläfrigkeit. Der Mann war selbst ausgesprochen schwer, knochig und massiv, ohne dick zu sein. Nun verlor er die Sprache und die Luft kam als Gurgeln aus seiner Brust, ähnlich einer zusammengepreßten Brandungswelle, die als schäumende Gischt zwischen den Klippen emporgeschleudert wird.

Nein, antwortete die Kleine schließlich. Ich weiß es nicht.

Die Sonne, sagte er keuchend dicht an ihrem Ohr. Sie hat mir den Arm zerfressen. Ich bin den Sommer über mit nackten Armen herumgelaufen, und die Menschenfresserin am Himmel wollte mit ihren gierigen Strahlen mein Fleisch verzehren. Sie hat mir diese Gabeln in mein verbranntes Fleisch gebohrt.

Der Mann verzog das Gesicht und wurde nachdenklich.

Die Kleine sah ihn von der Seite an und betrachtete dann das geschwollene Fleisch des Unterarms, der braun, gekrümmt, ein wenig behaart und schmutzig war. Er hielt ihr seine Pranke vors Gesicht.

Schau, mein liebes Mädchen, sagte er. Die Sonne hat mich mit den Zacken aller ihrer Gabeln gestochen.

Die Kleine sah den Arm an und wünschte sich, der Mann würde fest und schnell mit der anderen Pranke, die sicher über den ganzen Schädel und mit den Fingern bis zu den Ohren herunter reichte, ihren Kopf umfassen und ihr Gesicht auf das gekrümmte, sonnenverbrannte Fleisch drücken, so daß sie keine Luft mehr bekam, ihre Zähne in die Wunde schlug und ihr der Eiter in den Mund quoll wie gelbliches Fett. Sie erschrak über diesen unerwarteten Wunsch, verspürte Brechreiz, ein Unbehagen im Magen und war nahe daran, sich zu übergeben, aber gleichzeitig flogen ihre Gedanken hinaus in einen dunklen Winkel, in dem die Wonne daheim war und eine angenehme Wärme, die nach süßsaurem Wein und leerem Magen duftete. Sie stand auf.

Geh nicht weg, bat der Mann und hielt sie behutsam fest. Ich will dir noch mehr von der Sonne erzählen.

Es waren kaum noch Leute im Zelt. Die beiden saßen jetzt allein an dem langen Tisch. Auf ihm lag ein weißes Tuch, das nach dem Kaffee voller Flecke war. An manchen Stellen war es faltig und zerknautscht von den Händen des Mannes, und man hatte es zurückgeschlagen, so daß man die schäbigen Tische unter ihm sehen konnte. Fast alle waren gegangen, nur einige wenige Männer und Frauen standen am Eingang beieinander und lachten, in gelbliches Licht gebadet, weil die Sonne in diesem Augenblick auf die Ecke schien und die Leinwand durchsichtig machte und den Leuten einen goldenen Glanz verlieh. Die Nachbartische waren mit schmutzigen Tellern samt Besteck und Tassen übersät. Einige Papierservietten waren auf den Boden gefallen und ins Gras getreten worden.

Der Mann fing an, dem kleinen Mädchen sehr kurzatmig eine unverständliche, unzusammenhängende und sentimentale Geschichte von der Sonne zu erzählen, während er sich über den gedeckten Tisch vorbeugte, gefangen von seinem Thema, ohne dabei die Kleine anzusehen. Deshalb konnte sie schnell aufstehen und eine Serviette vom Boden aufheben, um daraus einen Vogel zu falten. Die Nachmittagssonne wurde schwächer und verschwand allmählich vom Zeltdach. Die Kleine spürte, daß es schon spät am Tag sein mußte und sicher höchste Zeit, zur Pferdekoppel zu gehen, sich fertigzumachen und dort auf die Leute vom Hof zu warten. Aber da griff der Mann nach ihr, und sie ließ es zu, daß er sie festhielt, während die Sonne langsam am Zelthimmel unterging und sich eine heimelige Dämmerung, die die Dinge aus der erhabenen Helligkeit auf die Erde herunterholte, über sie legte. Im Zelt wurde es dunkel und kalt und der feuchte Geruch des von unzähligen Füßen zertretenen Grases machte sich bemerkbar. Dadurch wurden die Tische einfach schmutzige Tische und die Teller gewöhnliche schmutzige Teller.

Die Frauen kamen hinter dem Leintuch hervor, verteilten sich laut schwatzend im Zelt und fingen an, das Geschirr von den Tischen zu räumen und die Tischtücher abzunehmen, wodurch das, was dem Mädchen zuvor schön und festlich vorgekommen war, sich im Handumdrehen als trostlos und kahl erwies.

Ich kann dir noch unendlich viel von der Sonne erzählen, die das Fleisch des Mannes frißt, sagte der Betrunkene, der offenbar nichts mehr zu erzählen hatte.

Es war, als ob er zu kurzatmig sei, um weiterzusprechen oder mit der Lunge Worte für sie heraufzupumpen. So saßen sie zu zweit am letzten weißgedeckten Tisch, und er hielt sich einige Male die geballte Faust vor den Mund.

Vom Platz des kleinen Mädchens konnte man durch den Zelteingang hinaussehen. Es regnete wieder, und das

Gras außerhalb des Zeltes nahm die Nässe auf. Die Fußspuren dort im Schlamm füllten sich mit Wasser. Dann kam wieder die Sonne. Jetzt beschien sie nur noch die oberste Spitze des braungelben Zeltdachs, doch das reichte aus, um es noch einmal mit weichem Licht zu füllen.

Plötzlich ließ der Mann sie los. Sie bewegte sich vorsichtig von ihm weg und ging hinaus. Aber sie schaute trotzdem zurück und sah noch, wie er allein dasaß, während die Frau am Eingang die Geldscheine zählte, sie glattstrich und in zwei Schuhkartons legte und die Stöße mit einem Stein beschwerte.

Die Kleine ging ganz langsam vom Zelt weg, damit sie möglichst lange hineinschauen konnte, obwohl sie sich immer weiter entfernte. Die Frauen waren dabei, die Tische zusammenzurücken, die unter den Tischtüchern zum Vorschein gekommen waren. Nun saß der Mann an dem nackten langen Tisch, hielt sich die geballte Faust an die Schläfe und blickte ihr nach, oder zumindest glaubte sie das.

Als sie zur Pferdekoppel kam, spürte sie, daß die Angst dieses Sommers und die Sehnsucht und das vage Unbehagen, die ihr ständig auflauerten, aus ihrem Körper in den benebelten, stämmigen Mann mit dem sonnenverbrannten Arm übergingen, wenn sie in Gedanken ihre Zähne in ihn schlug, deshalb beschloß sie, immer an den gekrümmten Arm zu denken, nur um die Angst auf ihn zu übertragen, indem sie mit den Zähnen fest in die blutige, nicht heilende Wunde biß.

19.

Viele ritten gemeinsam vom Treffen weg, es war zunächst ein großer, quirliger Haufen von schwankenden Männern und lärmenden Frauen, die, auf ihren braven Pferden sitzend, übereinander lachten und Scherze machten. Aber sobald man an die erste Kreuzung kam, wurde die Schar kleiner, denn jeder ritt in die Richtung, in der sein Zuhause lag. Das wiederholte sich an jeder Weggabelung. Nach und nach verließen immer mehr Gruppen oder einzelne Reiter die Schar, um auf ihre Höfe zurückzukehren.

Ein paar Autos kamen dahergefahren und hupten die Leute an, um zu versuchen, die Pferde scheu zu machen. Das waren durchweg junge Burschen von auswärts. Wenige Bauern waren mit ihren Autos gekommen, und zwar nur, um ältere Leute herzufahren, und die waren schon im Laufe des Tages, als man seine Pflicht ihnen gegenüber getan hatte, wieder nach Hause gebracht worden. Danach kamen die Jüngeren wieder zurück, diesmal hoch zu Roß. Die Leute in der Gegend wollten mit ihrer Treue zum Pferd zeigen, daß sie noch Bauern seien, unabhängig von motorisierten Fahrzeugen und ihrer Natur nach ihren Reitpferden verbunden. Um dies zu unterstreichen, nahmen sie auch Schnupftabak, mußten aber niesen, denn sie waren nicht mehr daran gewöhnt, und dann wurden sie ganz braun auf der Oberlippe und schauten dumm drein. Junge Männer schnupften nur noch bei dem Treffen, aber es wurden immer weniger.

Es ist nicht typisch isländisch, Schnupftabak zu nehmen, sondern nur unappetitlich, sagten sie.

Die meisten Reiter in der Gruppe waren betrunken, bemühten sich aber trotzdem, in guter Haltung auf den Pferden zu sitzen. Unterwegs wurde gelacht, und man sang patriotische Lieder und Lieder über das Landleben, aber die Leute konnten die Texte selten weiter als bis zur Mitte der Strophe, danach erklang nur die Melodie ohne Worte, aber mit lautstarkem Trällern. Die patriotischen Texte waren schon längst nur mehr bruchstückhaft im Gedächtnis der Menschen, auch wenn die jungen Leute sie unbedingt trällern wollten, wenn sie betrunken waren. Dennoch gab es immer jemanden, der sie vollständig konnte und den Gesang anführte. Andere verfielen dann auf den genialen Ausweg, ihm ein klein wenig später zu folgen, und zwar nur soviel später, daß sie die Worte aus seinem Mund hören und dann schnell nachsingen konnten, ohne allzu falsch zu werden, um so zu tun, als ob sie den Text könnten.

Jetzt war dieses Getue allerdings seltener geworden. Die jungen Leute waren so selbstbewußt, daß sie, ohne sich zu schämen, zugaben, daß sie die Texte nicht mehr konnten und es ihnen völlig gleichgültig war. Insgeheim fanden sie aber doch, daß es ihre Pflicht sei, die sentimentalen patriotischen Lieder zu können und auf dem Bezirkstreffen zu singen, da es aber nur einmal im Jahr stattfand, lohnte es sich nicht, sie zu lernen. Die Leute hatten keine Lust dazu. Außerdem würde am Tag danach keiner mehr wissen, ob sie die Texte konnten oder nicht, ob sie der Spur nach sangen oder trällerten, denn alle waren betrunken und keiner schien sich an Dinge zu erinnern, die schlimmer und unangenehmer waren, als die patriotischen Lieder nicht zu können. Sie kamen unzusammenhängend, aber nachdem man eine Weile gesungen hatte, begannen die Gruppen sehr erleichtert und fröhlich mitzuträllern. Wenn jemand die Gelegenheit beim Schopfe packen und auf englisch singen wollte, wurde er eilends durch Mißfallensäußerungen zum Schweigen gebracht.

Den Frauen mißfiel auch der Schnupftabak, und sie konnten nicht verstehen, was es mit dem Schnupfen auf sich haben sollte. Sie rauchten beim Reiten Zigaretten und sagten, sie würden sich dadurch nichts vergeben. Sie tranken auch aus der Flasche, wie die Männer, und hatten eine Tüte mit Getränken am Sattel hängen oder hielten in einer Hand eine Bierdose. Sie wollten den Männern in nichts nachstehen. Nachdem man einige Zeit geritten war, bildeten sie allmählich eine gesonderte Frauengruppe und diskutierten darüber, wo sich die Frauen aus der Gegend treffen sollten, um einen Verein zu gründen, der nur für Frauen war, und eine sagte:

Die Leute in unserer Gegend sollten soviel Unternehmungsgeist aufbringen, daß sie einen echten, ausgebildeten Judolehrer aus Japan anstellen.

Die Gruppe nahm dies begeistert auf, und die Frauen ritten dicht nebeneinander her, um auf den Vorschlag anstoßen zu können. Dann versuchten sie auszurechnen, wie viele ausgebildete Volkswirte es unter den Bauern in der Gegend gab, es waren einige, und die meisten betrieben gemischte Landwirtschaft. Die Frauen wunderten sich darüber, daß es so viele waren und daß es in der Gegend keine ausgebildete Kindergärtnerin gab.

So geht man mit uns Frauen um, sagten sie und konnten sich nicht damit abfinden, daß es keine pädagogisch ausgebildete Kraft gab, die einen zukünftigen Spielplatz leiten konnte.

Alle Männer und Frauen, die von hier sind und Medizin oder Krankenpflege studiert haben, ziehen in die

Stadt, nur die Volkswirte kommen zurück auf die Höfe ihrer Väter.

Das ist eine seltsame Fehlentwicklung.

Vielleicht sind wir auf dem Land noch immer so gesund, daß wir keine ärztliche Hilfe und keine Krankenpflege brauchen! sagte jemand, und alle Frauen stießen darauf an.

Dafür haben wir eine Frau als Pfarrer.

Die Frauen wurden sich darüber einig, daß sie ein angenehmes und gesundes Leben führen wollten, so daß das Land nicht schlechter dastand als die Stadt, was die Gesundheitspflege betraf.

Wir können morgens die Kinder zum Spielplatz fahren und uns dann treffen, um einander aus Tarotkarten wahrzusagen, sagte eine von ihnen.

Sie stießen darauf an und tranken aus der Flasche.

Es fehlte nicht viel, und sie hätten auch noch schnell einen Stundenplan aufgestellt für das, was sie in Zukunft alles machen wollten: Karten spielen, basteln lernen, Zeichenunterricht nehmen, sich mit dramatischem Ausdruck vertraut machen und einmal in der Woche Gruppendynamik unter der Anleitung eines Gruppendynamikers betreiben.

Hier auf dem Land fehlt die Gruppendynamik völlig, und daß die Leute sich mit dem Körper ausdrücken können.

Dann verschwanden sie mit ihren Ehemännern oder kehrten nach und nach auf die Höfe zurück, dazu entschlossen, sich öfter zum Kaffeetrinken zu treffen, sich die Kinder vom Hals zu schaffen, zu trinken, stockbesoffen zu werden, sich wie die schlimmsten Männer aufzuführen, nicht mit unanständigen Reden zu sparen und die Kuchen zu probieren, die die anderen gebacken hatten. Sie gelobten feierlich, zum Spaß ein Frauenemanzipationstreffen zu veranstalten, das unter dem Motto Gemeinsames Backen der Frauen im Südland stehen sollte, und wo jede Frau nach Herzenslust backen oder Kuchen improvisieren konnte.

Hierbei kugelten sie sich vor Lachen darüber, daß der weibliche Humor so eigenartig war – »er ist schon für sich genommen ein Witz«.

Bei beiden Geschlechtern herrschte Optimismus. Auch die Bauern unterhielten sich über ihre Angelegenheiten, wenn auch nicht so lebhaft. Sie wollten am liebsten eine Firma gründen, die aus ihren eigenen Kartoffeln, den Isländischen Roten, ein Produkt zur Direktvermarktung herstellte.

Jemand sagte, er habe schon seit längerem die Absicht, eine kleine Fabrik aufzumachen, die eine besondere Art von Pommes frites für den Inlandsmarkt herstellte, außerdem Kartoffeln in Dosen, gesalzene Kartoffelchips, karamelisierte Kartoffeln für die gebratene Lammkeule am Sonntag und süße Kartoffeln zum Nachtisch, und nicht zuletzt, um Versuche anzustellen mit gefüllten Kartoffeln mit Wundergeschmack, ähnlich denen, die er auf der Reise des Bauernverbandes gegessen hatte, als man spaßeshalber nach Singapur gefahren war, um sich während der dunkelsten Zeit des Jahres etwas Abwechslung zu gönnen und die Transsexuellen anzusehen, und alle sehr entrüstet nach Hause kamen, daß es tatsächlich so etwas gab auf der Welt, doch es sei selbstverständlich, sie auszuprobieren – »obwohl der Unterschied darin besteht, wie man die Sache betrachtet«.

Es ist ganz einfach, ein marktfähiges Produkt aus isländischen Kartoffeln herzustellen, sagte er. Man kann sicher auch noch andere als die Transsexuellen dazu bringen, es zu essen.

Und warum nicht gleich getrockneten Kartoffelbrei herstellen, um mit den Schweizern zu konkurrieren? fragte einer höhnisch.

Die Gespräche wurden immer nichtssagender, sarkastischer und unzusammenhängender, je mehr Reiter die Gruppe verließen. Die Leute wurden resignierter, der Optimismus und die Wirkung des Alkohols ließen nach, so daß sie die schreckliche Hoffnungslosigkeit spürten, die dieses kleine Volk in diesem kleinen Land bevorzugt kultiviert hatte und die eigentlich das einzige war, was man in reichem Maße zu bieten hatte. Bevor man ans Ziel kam, sagten sie, den Tränen nahe, aber gefühllos grinsend, daß nicht einmal isländische Kartoffeln Weltniveau erreichen könnten, obwohl keine Erdäpfel auf der Welt ihnen an Geschmack, Bekömmlichkeit und Qualität gleichkämen.

Hier ist alles am besten, aber das weiß niemand draußen in der großen Welt, weil die Vorzüge des Landes mit keiner Bedrohung, keinem Krieg und keinen Atombomben einhergehen, sagte einer. Tötet, wie es in den Isländersagas gemacht wurde, dann erwacht das Interesse der Welt.

Ein Stück weit voraus hing genau über der Straße eine kleine, graue, finstere Wolke, und als die Reiter, die übriggeblieben waren, die Stelle erreichten, gab es einen Platzregen, so daß alle bis auf die Haut naß geworden wären, wenn die Leute sich nicht ins Zeug gelegt und ihre Pferde tüchtig angetrieben hätten, um dem Regenguß zu entgehen. Der Wolkenbruch ging größtenteils auf der Straße nieder, und als die Leute zurückschauten, konnte man keine Wolke sehen, doch man sah an dem nassen Fleck auf der Erde, welche Form sie am Himmel gehabt hatte.

Es ging schon auf Mitternacht zu, aber die Sonne schien wieder und blendete mit ihrem matten Licht.

Die Bauern von den Nachbarhöfen ritten mit ihren Leuten heim, jeder zu seinem Haus auf seinem Hügel. Die Kühe waren an den Rand der Hauswiesen gekommen und standen an den Gattern, offenbar hatten sie es satt, darauf zu warten, daß sie gemolken würden, denn als sie die Leute sahen, begannen sie vorwurfsvoll und heiser zu muhen. Sie standen in drei Reihen und hoben fast gleichzeitig die Köpfe, drehten sie mit ausladender Bewegung ihren Besitzern zu und muhten tief und langgezogen. Es lag ein schwerer Vorwurf in diesem Brüllen.

Während sie klagend muhten, kam es der Kleinen wieder so vor, als verwandelten sie sich in riesengroße Hunde mit geschwollenen Eutern und steifen Zitzen. Es schien ihr natürlicher zu sein, daß Hunde Leute mit Gebell begrüßten, als daß Kühe mit Muhen ihre Besitzer tadelten. Als sie sich umgezogen hatte, wurde sie über die Hauswiese hinuntergeschickt, um die Kühe in den Stall zu bringen. Sie wedelten mißmutig und störrisch mit den Schwänzen und schnaubten verächtlich, als ob sie daran dächten, diesmal keinen Tropfen Milch zu geben, zur Strafe dafür, daß man sie den ganzen Abend hatte warten lassen.

Sobald man mit dem Melken begann, wurde alles so, wie es vor dem Treffen gewesen war. Das Fest war in unendliche Ferne gerückt und der Tag schon weiter weg als der von gestern, und die Kleine spürte, daß einem das längst Vergangene in Gedanken näher sein kann als das, was gerade geschah oder erst kurz zurücklag. Dasselbe galt für die Entfernung. Sie schloß für einen Moment die Augen, um die Entfernung loszuwerden und sich weit weg zu wünschen. Ihre Gedanken flogen zur Pferdekoppel, wo das deutsche Mädchen die Pferde dazu brachte, sich aufzubäumen und die Vorderfüße zu bewegen, als ob sie vierbeinige Spinnen wären. Doch als sie die Augen wieder öffnete, war ihr Körper an demselben Ort, an dem er gewesen war, bevor sie die Augen schloß. Er war im Stall bei den Kühen, die laut schnaubend und blasend nach Luft schnappten. Sie sah, wie ihre Milch sich wand, aber dennoch langsam durch die Melkschläuche floß, daß sie ruckweise und widerstrebend den Weg von ihrem angestammten Platz im Euter bis zum Kühltank zurücklegte, denn sie durfte nicht dort bleiben, wo sie zu Hause war, weil andere das nicht wollten. Nichts darf an seinem natürlichen Ort bleiben. Wenn alles für immer an seinem Ort bliebe, würde es stagnieren und sterben.

Die Kleine beobachtete die glucksende Milch in den Schläuchen und begriff, daß alles sie etwas anging. Alles schlich sich mit Wehmut in ihre Gedanken ein. Dagegen schienen die Kühe zufrieden zu sein, und froh darüber, die Milch losgeworden zu sein, denn nach dem Melken legten sie sich stöhnend vor Wohlbefinden hin und fingen an, eifrig wiederzukäuen. Da kam der Bauer herein und fragte:

Weißt du, wo der Knecht ist?

Nein, antwortete sie überrascht und erinnerte sich daran, daß sie ihn den Tag über beim Fest ein paarmal gesehen hatte und daß er gemeinsam mit ihnen losgeritten, aber aus irgendwelchen Gründen wahrscheinlich nicht nach Hause gekommen war.

Dann müssen wir wohl gehen und ihn suchen, sagte der Bauer.

Ich? fragte das kleine Mädchen erstaunt.

Du kannst meinetwegen mitkommen, wenn du möchtest, antwortete er.

20.

Man fand die Pferde gleich neben dem Zaun der Hauswiese, der Bauer und die Tochter sattelten sie schnell wieder, und die Kleine beschloß, ihnen auf der Stute nachzureiten, um auch nach dem Knecht zu suchen. Sie war ganz hinten, die Tochter ritt vornweg.

Die Sonne stand nicht mehr am Himmel und alles lag im Dämmerlicht, doch die Kleine konnte genau sehen, wohin der Bauer und seine Tochter ritten. Sie nahmen eine Abkürzung und folgten dem Flußlauf bis zur Mündung, das Mädchen hingegen ritt die Straße entlang. Als sie zur Flußmündung kamen, erhoben sich gerade ein paar Schwäne in die Luft und sangen jenen schaurig schönen Gesang, den die Schwäne singen, wenn es auf den Herbst zugeht und sie in die glänzende Nacht hinausfliegen. Die Kleine hielt ihr Pferd an, um ihnen nachzublikken, wie sie sich mit großer Anstrengung in die Luft zu erheben schienen, dann aber unirdisch und jubelnd in die grüne Helligkeit hinausschwebten, bis sie verschwanden und nicht mehr zu hören waren.

Während sie auf dem Pferd sitzend wartete, überkam sie die Sehnsucht nach der Nacht, der Wunsch und das starke Verlangen danach, daß immer ein solches Licht herrschte, daß es auf der Welt weder Tag noch Nacht gab, sondern draußen wie drinnen nur Dämmerung, und auch in ihr selbst. Ihr kam der Gedanke, daß der Knecht womöglich gestorben sei, eins geworden mit der Dämmerung, seine Tagebücher im Arm. Er hatte sie zum Bezirkstreffen mitgenommen, um auf diese Weise seine guten Eigenschaften zeigen und beweisen zu können, falls er das Glück haben sollte, endlich eine Liebste und zukünftige Lebensgefährtin zu finden. In diesem Augenblick war es beinahe, als sei er überall um sie herum, genauso wie vor kurzem verstorbene Menschen, und wie es ihre Großmutter gewesen war. Er war auch auf dem Pferd, auf dem sie saß, denn das Gefühl für ihn durchdrang sie aus der Wärme vom Rücken des Tieres.

Da wünschte sie sich, zu Stein zu werden und so dazusitzen, solange die Welt steht, in einem solchen Licht um Mitternacht, aber dann sah sie, daß die Tochter und ihr Vater ein Pferd vor sich hertrieben, auf dessen Rücken ein Bündel oder Haufen lag.

Sie hatte den Knecht auf dem Bezirkstreffen schon früh am Tag aus den Augen verloren, er war ruhelos umhergewandert und genauso schnell aufgetaucht und wieder verschwunden wie die anderen Leute. Doch sie sah, daß er mit der Tochter umherging, und daß sein Gesicht verquollen wirkte und sich niemand um ihn zu kümmern schien.

Solche Burschen finden nie ihren Platz im Leben, auch wenn sie noch so intelligent und tüchtig sind, hörte sie den Bauern zu jemandem sagen, wußte aber nicht, ob er den Knecht meinte. Und er fügte hinzu:

Na ja, er ist einer von diesen Jammerlappen, die keinen Alkohol trinken können, ohne in Tränen auszubrechen. Und das ohne erkennbaren Grund.

Bei diesen Worten verwandelte sich der Knecht in ihrer Vorstellung in eine Regenwolke, in einen Mann, der in einem Regengewand daheim war, aus dem es immerfort regnete, und es hörte nur für kurze Zeit auf, wenn er sich abends im Zimmer an den Tisch setzte, um das, was ihn bewegte und was er den Tag über gemacht hatte, in sein Tagebuch zu schreiben. In das Tagebuch hätte er keine Tränen vergießen können, sie hätten die Schrift unleserlich gemacht, aber vielleicht war alles, was er mit Tinte schrieb, trockene Tränen. Ihre Neugier erwachte, und sie beschloß, am nächsten Morgen heimlich im Tagebuch zu lesen, um herauszufinden, was er auf dem Treffen erlebt hatte, sie wußte, wo er das Tagebuch aufbewahrte.

Während sie so dachte, kamen Vater und Tochter mit dem Bündel auf dem Pferd den Reitweg an den Sumpfwiesen entlang. Ein paar Wolken standen am Himmel und spiegelten sich im glänzenden Wasser, das heller war als die umgebende Luft. Es zog den Lichtschimmer vom Himmel an und verstärkte ihn auf magische Weise auf der stillen Wasseroberfläche, wo die Sumpfdotterblumen wuchsen, sich auf hohen, gelbgrünen Stengeln daraus erhoben und ihre großen, grünen, wächsernen Blätter ausbreiteten. Die träumerische Ruhe der Pflanzen und das Geheimnis des Grundes tief unten in der schwammigen Erde machte das Wasser bedeutender und schwerer als anderes Wasser.

Auf der Straße war noch immer ein wenig Verkehr, vor allem mit Jeeps. Betrunkene junge Leute aus weiter entfernten Gemeinden riefen durch die offenen Autofenster heraus und lachten, eine schrille Stimme fragte:

Was für einen Müllsack habt ihr da auf dem Pferd?

Keinen Müllsack, sondern einen Saftsack, antwortete eine zweite, die genauso schrill und fröhlich war.

Dann warfen sie eine leere Flasche in das Wasser im Graben und fuhren so schnell davon, daß die Reifen auf der Straße quietschten.

Fast im selben Augenblick begann das Bündel auf dem Pferderücken sich zu regen und zu jammern. Zuerst war es ein leises Murmeln, doch dann wurde so laut geschrien, daß das Pferd plötzlich stehen blieb, Hals und Kopf hob und die Ohren spitzte, als glaube es, daß ihm Gefahr drohe, und wolle herausfinden, woher sie komme, indem es die Ohren schnell in alle Richtungen drehte.

Vater und Tochter waren jetzt schon so nah herangekommen, daß die Kleine sah, daß es der Knecht war. Er hing vornübergebeugt auf dem Pferd und vergrub sein Gesicht in der Mähne, wie sie es getan hatte, als ihr unterwegs die anderen davongeritten waren, aber er schien gelähmt oder völlig kraftlos zu sein.

Versuch dich zu benehmen wie ein Mann! rief die Tochter. Du machst dich lächerlich.

Mir ist alles egal, murmelte der Knecht.

Na, bat der Bauer.

Die Kleine wußte nicht, ob er seine Tochter bat aufzuhören, oder den Knecht, der sich durch den Wortwechsel mit anderen beruhigt zu haben schien, aber immer noch nach vorne gebeugt auf der Mähne lag.

Setz dich endlich auf, Mann, sagte der Bauer bestimmt. Es ist vorüber. Tu es mir zuliebe ... wie immer.

Der Knecht richtete sich ein klein wenig auf, doch in dem Augenblick fuhr ein Auto die Straße entlang und die Leute riefen der Tochter etwas zu, die daraufhin zum Wagen ritt und vom Pferd aus mit ihnen sprach. Die Leute lehnten sich aus dem Fenster und schauten den Mann an, der sich wieder zurücksinken ließ.

Der Knecht ist so würdevoll wie immer! rief jemand aus dem Auto. Er ist in einem ähnlichen Zustand wie jeden Sommer.

Der Bauer gab keine Antwort. Er saß still auf seinem unruhigen Pferd und die Nacht wurde unbehaglich, auch der Lichtschein vom Himmel, alles außer den schlaflosen Blumen, die aus der Wasserfläche herausschauten. Selbst die Kleine wäre am liebsten im Boden versunken, war aber gleichzeitig gespannt, wie das enden würde, denn sie hatte zwar noch nie etwas Ähnliches gesehen, wußte aber, daß sie Zeugin einer Tragödie war, wie sie über Menschen hereinbricht in so einem Licht, wenn es weder Tag noch Nacht ist, weder dunkel noch hell, weder gut noch böse, sondern wenn irgendeine Demütigung stattfindet. Bei dieser Vorahnung fing sie auch an zu weinen. Die Leute im Auto sahen es und jemand sagte, nicht laut, aber die Stimme wurde in der Windstille zu ihnen herübergetragen:

Du hast offenbar eine feuchte Mannschaft engagiert in diesem ungewöhnlich sonnigen, trockenen Sommer. Hoffentlich bekommen deiner Tochter die Tränen.

Als die jungen Männer im Auto langsam anfuhren, gaben sie ihr durch Handzeichen zu verstehen, sie solle zur Seite gehen, damit sie nicht unter die Räder komme.

Die Tochter schien wütend zu werden, sie drehte dem Auto schnell den Rücken zu, gab ihrem Pferd die Sporen und ritt auf das mit dem Bündel los, das nicht wußte, ob es sich, mit Rücksicht auf die Trauer im Herzen des Mannes, der ihm auf dem Rücken hockte, bewegen durfte. Als sie mit erhobener Peitsche heranpreschte, stießen die Pferde zusammen. Das mit dem Knecht war nicht vorbereitet auf den Angriff und machte einen Satz vom Reitweg herab. Dabei verlor es das Gleichgewicht und fiel seitwärts in ein Sumpfloch. Die Oberfläche des Wassers zersprang in unzählige schwarze Spiegel. Es spritzte in spitzen Pfeilen zum Himmel und wogte in hohen Wellen von Licht und Schwärze zur Seite. Das Pferd schnaubte laut und versuchte aufzustehen, sich aus dem flachen Sumpf aufzurappeln, es reckte den Hals und warf den Kopf zurück, schien aber am Morast festzukleben, denn es kam nicht auf die Beine, mit denen es hilflos strampelte. Der Knecht war unter dem Pferd gelandet. Die Kleine sah ihn nicht wegen des spritzenden Wassers. Die schnelle Drehung, die ruckartigen Bewegungen, das Strampeln der Beine, die vergeblich versuchten, in der Luft Halt zu finden, machte sie ganz wirr, wie hypnotisiert, und am liebsten wäre sie ins Wasser hineingesprungen. Da kam plötzlich die Hand des Knechts unter dem Pferd hervor und versuchte, auf ähnliche Weise an etwas Halt zu finden wie die Hufe.

Der ertrinkt uns noch, sagte der Bauer.

Dann fluchte er und sprang ins Wasser.

Geh, sagte die Tochter befehlend zu der Kleinen. Mach, daß du heimkommst.

Im gleichen Augenblick lief sie ihrem Vater hinterher.

Sie wurden sofort naß bis auf die Haut, wichen vor den Tritten des Pferdes zurück und kamen nicht an den Mann unter ihm heran. Ihre Kleider trieften, hatten beinahe dieselbe schwarze Farbe wie das Wasser und das Moor, aber sie bewegten sich um das Spritzen herum, so daß die Kleine sehen konnte, was geschah. Schließlich gelang es dem Bauern, den Schwanz des Pferdes zu fassen, und die Tochter näherte sich ihm von vorn und packte die Mähne, bald hatten sie es aufgerichtet. Als es wieder auf seinen Beinen stand, überlegte es nicht lange, sondern galoppierte quer über das nasse Sumpfwiesengebiet davon, den Kopf nach der Seite gedreht, weil das Zaumzeug herunterhing, und unter seinen Hufen spritzte das Wasser quatschend nach allen Seiten.

Lauf ihm nach, halt es auf! rief der Bauer der Kleinen zu.

Sie gehorchte sofort und sprang auch ins Moor hinaus, obwohl sie wußte, daß sie das Pferd nicht einholen konnte.

Über dem Land lag die Stille der Nacht und das unveränderliche Dämmerlicht des Unwirklichen im Spätsommer. Als die Kleine stehen blieb, naß und schlammbespritzt, sah sie zu Vater und Tochter hinüber, denen es gelungen war, den Knecht aus dem Wasser zu ziehen und ihn über den Graben mit den Sumpfdotterblumen hinweg auf die Böschung an der Landstraße zu schleppen, wo die Pferde standen und auf sie warteten. Es wurde kein Wort gesprochen. Der Bauer wollte den Knecht auf sein Pferd heben, doch die Tochter sagte bestimmt:

Ich werde ihn diesmal vor mir auf meinem Pferd sitzen lassen.

Na, sagte der Bauer barsch. Findest du nicht, daß du genug gehabt hast für heute?

Ich möchte ihn vor mir auf meinem Pferd sitzen lassen, antwortete sie langsam.

Gemeinsam hoben sie den Mann aufs Pferd, und er ließ es willenlos und ohne sich dagegen zu wehren geschehen. Dann saßen sie selbst auf. Alle waren bis auf die Haut durchnäßt und schwiegen.

Als sie langsam an der Kleinen vorbeiritten, hörte sie, daß der Knecht sich erbrach, er hatte zweifellos viel Wasser geschluckt und mußte sich mehrmals übergeben, als er auf dem schaukelnden Pferd saß, und die Tochter sagte:

Jetzt solltest du allmählich etwas nüchterner werden, oder etwas weniger verrückt.

Das wiederholte sie einige Male, doch der Mann hielt sich nur an ihr fest und lehnte sich erschöpft und schutzlos an sie. Er weinte nicht und sagte kein Wort, er hing nur hilflos an der Tochter, die triefend naß und von oben bis unten mit Schlamm aus dem Moor bespritzt war, wie er.

Der Bauer entfernte das meiste Wasser aus seinen Kleidern, indem er mit den flachen Händen fest an sich herabstrich, bevor er aufs Pferd stieg. Er fluchte einige Male und war ärgerlich.

Das hier muß ein Ende nehmen, sagte er.

Er ritt hinter den beiden her.

Die Kleine blieb zurück. Das schwache Licht spielte im Wasser um sie herum, und nun sah sie auf der stillen Oberfläche, daß ein kleines, schwarzes Wölkchen über den Himmel segelte. Sie wollte es mit dem Fuß berühren, aber als sie ihn vorstreckte und den Wasserspiegel berührte, verschwand es in den Wellen und floß mit dem Wasser zusammen. Sie glaubte, es würde zu lange dauern, bis sich die Oberfläche beruhigt hatte, deshalb watete sie von der Sumpfwiese hinüber auf die Böschung zu der Stute. Sie wußte, daß es auch diesmal besser war, allein zu reiten, deshalb wartete sie lange und kümmerte sich nicht um die anderen. Sie stand den größten Teil der Nacht herum und versteckte sich im Straßengraben, damit man sie von den Autos aus nicht sah. Die Stute wartete auch und rührte sich nicht, selbst wenn die Leute versuchten, sie zu erschrecken, indem sie mit Bierdosen nach ihr warfen.

Als sie am nächsten Morgen ein klein wenig später als gewöhnlich aufwachte und nachsehen wollte, was der Knecht in sein Tagebuch geschrieben hatte, da fand sie es nicht unter der großen Bibel, wo er es aufzubewahren pflegte. Es war verschwunden. Und als sie ihn nirgends sah und sich vorsichtig nach ihm erkundigte, antwortete die Hausfrau:

Er ist nicht vom Fest zurückgekommen, wahrscheinlich hat er den Hof endgültig verlassen und ist Gott weiß wohin gegangen. Ob er es noch irgendwo länger aushält?

21.

An diesem Morgen war es viel leerer im Haus als sonst. Man merkte es sofort daran, daß alle so schweigsam waren. Etwas fehlte. Das Ehepaar und die Tochter waren sichtlich nervös, nahmen sich aber trotzdem zusammen. Bis weit in den Tag hinein machte sich keiner von ihnen an eine nützliche Arbeit, deshalb waren alle froh, als der Bauer zur Tochter sagte:

Tja, wahrscheinlich ist es am besten, wenn du morgen früh mit den Kindern von den Höfen den alljährlichen Ausflug zum Berg machst; dann hat man es hinter sich.

Kurz vor Mittag schickte er die Kleine ins Moor hinaus, um die Stute zu holen, er wollte sie beschlagen. Als sie zu den Pferden kam, sah sie die Stute nirgends; sie war offensichtlich ausgerissen.

Wir gehen hinüber und holen sie, sagte der Bauer, als die Kleine kam und ihm sagte, daß die Stute nicht zu finden sei.

Ich? fragte sie verwundert.

Nein, antwortete er.

Nun hatte er anscheinend nichts Wichtigeres zu tun, als sich um die Stute zu kümmern.

Ich komme dieses Mal nicht mit, antwortete die Tochter. Und du fährst auch nicht mit dem Auto, ich brauche es, fügte sie bestimmt hinzu.

Wohin willst du? fragte ihre Mutter.

Etwas erledigen.

Du willst doch hoffentlich nicht wieder anfangen?

Was nie aufgehört hat, kann auch nicht wieder anfangen.

Teufel noch mal, du erzählst vielleicht Neuigkeiten, sagte der Bauer.

Die Tochter zuckte mit den Schultern.

Kannst du nicht dein Auto nehmen?

Es ist kaputt.

Die Tochter blickte ihren Vater an. Das Gesicht war wie von einem inneren Sturm und Regen geschüttelt.

Dann kannst du diesmal mitkommen, sagte er und richtete seine Worte an die Kleine. Wir rudern über den Fluß.

Sie ist nicht stark genug, um das Tier am Zügel zu halten, sagte die Frau. Sie ist ein Kind.

Kannst du das, was du tun willst, nicht bis morgen aufschieben? fragte die Frau die Tochter. Oder kannst du die Stute nicht später heute mit dem Auto holen?

Der Bauer schwieg.

Dann kann ich mitkommen, sagte die Frau.

So ein Unsinn, sagte der Bauer verwirrt; die Kleine und ich kommen allein mit der Stute zurecht.

Die Kleine folgte ihm, ohne daß er es ihr befohlen hätte. Er ging zum Fluß hinunter, und sie blieb immer ein Stück hinter ihm. Die Wiese war gemäht und das Heu eingebracht, und das Gras war schon ganz gelb. Der Bauer fing an zu singen. Er hob beim Gehen den Kopf und richtete seinen Gesang über den Fluß aufs andere Ufer, die flachen, langgestreckten Hügel und die Ebene, auf die Berge hinter der Ebene und die Anhöhen, wo der Hof war, den man aber nicht sah, und sicher auch die Stute, wenn sie hinübergeschwommen war.

Die Kleine dachte an das Wasser im Fluß und seine Farbe, die an weiße Buttermilch erinnerte; sie wußte, daß es Gletscherwasser war, geschmolzener Gletscher, der in der Mitte zwischen den Ufern als reißender Strom dahinbrauste.

Sie stiegen ins Boot, ohne miteinander zu sprechen. Es knarrte unter ihrem Gewicht. Es war ein alter, morscher Kahn, der leckte, und über dem Kiel stand soviel Wasser, daß das Mädchen nasse Füße bekam.

Du kannst schöpfen, sagte der Bauer sachlich.

Er selbst stieg wieder hinaus, um nach den Rudern zu sehen und die Dollen festzumachen. Das Mädchen schöpfte mit einer verbeulten Blechdose den Kahn leer. Das Holz der Planken gab ein unangenehmes Geräusch von sich, als sie mit der Dose am Boden entlangfuhr, um alles, was sich angesammelt hatte, herauszuschöpfen und in das ruhig fließende Wasser zu schütten, das gegen den Sand plätscherte.

Das reicht, sagte der Bauer. Setz dich jetzt dort auf die Ruderbank und verhalte dich ruhig.

Sie setzte sich hinten hin und er stieß den Kahn ab, zog sich an ihm hoch und kletterte über die Bordwand. Er ließ sich Zeit und setzte sich erst dann auf die Ruderbank, als das Boot schon ganz frei schwamm und anfing, sich im Kreis zu drehen, als wolle es herausfinden, wohin die Strömung ging. Es schaukelte steuerlos hin und her, ehe der Bauer die Ruder auslegte. Das kleine Mädchen bekam Angst und glaubte, das Boot würde in die Strömung hinaustreiben und mitgerissen werden, ohne daß der Bauer etwas dagegen tun könnte, denn er brauchte schrecklich viel Zeit, um an den Dollen herumzumachen und die Ruder zu befestigen. Aber er schien den Fluß, den Kahn und die Strömung zu kennen und blieb ruhig, obwohl das Boot sich eine Weile um sich selbst drehte, während er sich niederbeugte und seine Stiefel richtete. Seine gebückte Haltung schien das Boot zu einer Entscheidung zu veranlassen, und es setzte sich in Bewegung. Als es an die Grenze zwischen stillem Wasser und reißender Strömung kam und vom Strudel mitgerissen zu werden drohte, sah der Bauer auf, machte die ersten raschen Ruderschläge und steuerte wieder ins ruhige Wasser zurück, am Ufer entlang flußaufwärts. Er ruderte eine Weile und saß so, daß er sein Gesicht der Kleinen zuwandte, doch er blickte sie nicht an, sondern sah an ihr vorbei oder durch sie hindurch. Er legte sich tüchtig in die Riemen und kam hinauf bis über die Stelle, von wo aus der Knecht sich immer in die Strömung hinaustreiben ließ.

Plötzlich zog er das rechte Ruder ein und ruderte kräftig mit dem anderen, tauchte das Blatt schnell aber flach ins Wasser, und schon wurde der Kahn von der Strömung ergriffen. Nun tauchte er die Riemen tief ins Wasser und ruderte mit beiden drauflos, wobei er laut prustend atmete und seine Unterlippe weit vorschob.

Das Boot wurde hin und her geworfen, als ob es von niemandem gesteuert würde, obwohl der Bauer aus Leibeskräften ruderte. Er schien zerstreut zu sein oder dem Wasser unter dem Kiel zuzuhören, in Gedanken zu messen, wie tief es war, seine eigene Stärke abzuschätzen und sie mit der Kraft der Strömung zu vergleichen. Die Kleine hielt sich krampfhaft am Bootsrand fest. Da sah er sie zum ersten Mal an und lachte.

Du ertrinkst, ob du dich festhältst oder nicht, wenn das Boot umkippt, sagte er.

Sie sagte nichts, ließ aber nicht los.

Bleib ruhig sitzen, nicht festhalten, sagte der Bauer. Jetzt kann uns nichts retten, wenn wir im Wasser landen.

Das kleine Mädchen ließ nicht los. Der Kahn wurde immer wieder hochgehoben, um dann klatschend ins Wasser zurückzufallen, er schlug auf den Wellen auf, als sause er über Querrinnen einer harten Straße. Der Bauer sagte nichts mehr. Seine Gesichtszüge verhärteten sich bei den Ruderschlägen. Er konzentrierte sich und wurde eins mit der Anstrengung.

Plötzlich bemerkte die Kleine, daß sie aus der schnellen Strömung herausgelangt waren und sich in ruhigem Wasser nahe dem anderen Ufer befanden. Sie fühlte sich erleichtert und empfand große Freude. Dort unter dem hohen Erdufer war es windstill. Sie nahm den Duft des feuchten Grases, den bitteren Geruch des Heidekrauts wahr, und sie wollte so schnell wie möglich dem Gefängnis des Boots entkommen und wieder festen Boden unter den Füßen haben. Der Bauer sah das und lachte verständnisvoll, sagte aber nichts. Er hielt langsam auf das Ufer zu, bewegte gemächlich die Ruder und blickte ständig über die Schulter zurück, um beim Anlegen die richtige Stelle zu treffen. Als er spürte, daß der Kahn auf Grund kam, sprang er hinaus, packte den Bootsrand mit der einen Hand und zog ihn mühelos auf den Sand. Die hellen, abgeschliffenen Steine knirschten unter dem Kiel.

Komm schon, Mädchen, sagte er. Hast du in die Hosen gemacht?

Nein, antwortete sie.

Dann bist du ein richtiger Seebär.

Jetzt gingen sie auf einem schmalen Reitweg den Hügel hinauf, er voraus und sie hinterdrein, und er fing wieder an zu singen; diesmal lauter als auf der anderen Seite des Flusses.

Sie gingen lange querfeldein über höckeriges Gelände, denn er nahm eine Abkürzung, die Erde war naß und schwer begehbar, aber sie strömte einen angenehmen Pflanzenduft aus, der sich mit dem Platschen des Wassers und dem quatschenden Geräusch von ihren Stiefeln vermischte. Der Bauer geriet außer Atem, hörte auf zu singen und begann zu summen. Er wurde seltsam heiter und sah manchmal die Kleine an, fröhlicher als er für gewöhnlich war. Überhaupt sah er sie zu Hause nie an, außer wenn er ihr eine Arbeit auftrug. Doch er sagte kein Wort, und sie gingen weiter über trockene Hügel, die sich aus den Sumpfwiesen erhoben. Auf einem von ihnen blieb er stehen, schaute eine Weile über das weite Land und sagte:

Ach!

Dann setzte er sich wieder in Bewegung, und sie gingen lange, bis sie zu einer Weide kamen, die Kleine entdeckte die Stute, die dort mit anderen Pferden graste. Der Bauer tat, als sehe er den Ausreißer nicht, und sie wagte nicht, ihn darauf hinzuweisen, denn sie hatte nicht das Recht, ihn auf etwas hinzuweisen, das er nicht bemerkte, auch wenn sie es sah. Sie machten einen Bogen um einen ziemlich langgestreckten Hügel, und dann sah man den Hof.

Die Leute begrüßten den Bauern, ohne die Arbeit zu unterbrechen. Sie eilten geschäftig hin und her, während sie sich unzusammenhängend mit ihm unterhielten, so daß er sich nach allen Richtungen drehen mußte und ständig in Bewegung war, um seine Worte an den richtigen Gesprächspartner zu richten. Das kleine Mädchen sah, daß er wütend wurde und drauf und dran war, wieder zu gehen. Er fand es ganz offensichtlich beleidigend, so empfangen zu werden. Vielleicht galt es als Herumtreiberei oder eine Ungehörigkeit, am Anfang der Woche zu kommen, am Tag nach dem Bezirkstreffen, wenn genug zu tun war. Außerdem war es kein Ruhmesblatt für den Bauern, daß er die Stute nicht zu Hause halten oder an sich gewöhnen konnte, wo sie doch nur ein Packpferd war.

Er schien sich gerade verabschieden zu wollen, als die Frau aufhörte, um das Haus herumzuwirtschaften, und sagte:

Ah, ja, wir haben Besuch.

Der Bauer atmete auf, und sie gingen mit den anderen Leuten ins Haus. Während er auf den Kaffee wartete, erkundigte man sich, wie es seiner Tochter gehe, und bei dieser Frage wurde er seltsam still auf seinem Stuhl. Er antwortete »gut« und wechselte das Gesprächsthema.

Daraufhin sprachen sie über Gott und die Welt, bis sie genug geplaudert hatten. Er stand auf und verabschiedete sich.

Die Kleine hatte den Mund nicht aufgemacht, und als sie wieder in umgekehrter Richtung um den Hügel herum zu den Pferden gingen, schwieg sie noch immer. Sie sah gespannt auf die Stute, die ruhig graste, ohne zu ihnen herüberzusehen. Sie blickte nicht einmal auf. Sie gingen näher an sie heran, und das Mädchen glaubte, die Stute werde plötzlich zur Seite springen und sie beide mit den Hinterhufen treffen, so daß sie blutig mit zertrümmertem Schädel im Gras lägen. Der Bauer trat zu der Stute. Sie graste weiter, als wolle sie so viel Gras wie möglich auf der Wiese abrupfen, bevor sie aufgezäumt und weggeführt wurde. Und das tat sie. Als der Bauer neben ihr stand, hob sie endlich den Kopf, und er legte ihr rasch das Zaumzeug an und zog sie fort.

Die Stute leistete keinen Widerstand, sie zeigte keine Reaktion und ließ sich nicht einmal unwillig fortziehen.

Auch dem Bauern schien es gleichgültig zu sein, daß sie ihm solche Mühe und Umstände bereitet hatte. Er zog sie denselben Weg hinter sich her, über die Hügel, durch die Sumpfwiesen und zum Fluß hinunter. Diesmal sang er nicht. Die Kleine wunderte sich darüber, daß weder er noch die Stute Anzeichen von Zorn zeigten. Sie konnte nicht verstehen, warum die Stute ausgerissen war, wenn es nur dazu war, um sich vom Bauern holen und wie ein Lamm wieder in die Unfreiheit führen zu lassen. Und sie dachte bei sich, das sei eben so auf dem Land, so sei das Verhältnis zwischen Mensch und Tier.

Tja, sagte der Bauer, der die Stute ins Wasser gezogen hatte.

Die Kleine stieg ins Boot.

Nimm jetzt den Zügel; ich rudere und du hältst ihn fest, sagte der Bauer und schob das Boot ins Wasser.

Die Kleine nahm den Zügel. Die Stute sah sich um, spitzte die Ohren und horchte.

Setz dich diesmal andersherum auf die Ruderbank, so, und dreh mir den Rücken zu, sagte der Bauer und zeigte ihr, wie sie fest sitzen sollte. Stemm dich gegen die Bordwand und halte ganz fest, wenn die Stute losschwimmt. Sie tut das ziemlich unsanft und du spürst einen plötzlichen Ruck. Jetzt bekommst du etwas anderes zu tun als nur Angst zu haben. Verstehst du?

Die Kleine tat, wie er sagte. Sie saß andersherum im Boot und blickte der Stute in die Augen, die gemächlich am langen Zügel ging und dem Kahn nachfolgte, der sich vom Landeplatz entfernte. Sie waren noch immer in flachem Wasser, doch der Fluß wurde tiefer, und die Stute hob den Kopf. Sie ruderten am Ufer entlang stromaufwärts.

So, sagte der Bauer, jetzt mußt du ganz fest halten.

Im selben Augenblick steuerte er in die Strömung hinaus. Der Fluß wurde rasch tiefer. Die Kleine wurde mit einem Ruck nach vorn gezogen, die Stute leistete plötzlich Widerstand; sie schnaubte, begann dann aber zu schwimmen, daß es nur so spritzte. Die Kleine ließ den Zügel nicht locker. Obgleich die Stute eifrig schwamm, versank der Körper langsam im weißlichen Wasser. Nun fing sie an, schrecklich zu schnauben, und ihre Augen weiteten sich vor Entsetzen.

Der Bauer tat, als ob nichts wäre. Er legte sich weiter kräftig in die Riemen und atmete laut prustend mit vorgeschobener Unterlippe.

Das kleine Mädchen glaubte, die Stute werde auf den Grund sinken und ertrinken. Sie war schwer und schien sich in einem so kräftig strömenden Fluß nicht lange über Wasser halten zu können. Aber die Kleine ließ den Zügel nicht los, obwohl sie davon überzeugt war, daß die Stute sie über den Hintersteven reißen und mitziehen würde. Sie war allerdings nahe daran, loszulassen oder entsetzt zu rufen »sie ertrinkt«. Im selben Augenblick sah sie die Stute an, die mit Grauen in den Augen zurückschaute und sich hilflos noch tiefer in die Strömung sinken ließ, als finde sie, sie sei von allem in der Welt der Natur und des Menschen verraten worden, so daß es am besten sei, sich das Leben zu nehmen. Die Kleine empfand tiefes Mitleid mit ihr, gleichzeitig aber auch Haß.

Da blickte sie angstvoll über die Schulter nach hinten zum Bauern. Der lachte gefühllos, und sie richtete ihre Augen wieder auf die Stute. Jetzt standen nur noch die dunklen, geblähten, schnaubenden Nüstern aus dem Wasser hervor.

Du mußt verdammt fest halten, sonst zieht sie dich aus dem Boot, zischte der Bauer und stieß mit der Stiefelspitze nach ihr, um seinen Worten Nachdruck zu verleihen.

Da fand die Kleine wieder die Sprache und stöhnte: Sie schafft es nicht bis hinüber und ertrinkt.

Oh, doch, lachte der Bauer streitlustig. Das Vieh bringt sich nicht um, sie ist nur verwöhnt und will sich bemitleiden lassen.

Die Kleine schnappte nach Luft.

Die Tiere sind eben auch so, sagte der Bauer. Sie schafft es genausogut zum Ufer auf unserer Seite hinüber wie zu ihrem Ufer. Das ist genau gleich schwierig. Aber jetzt ist sie nicht allein. Wenn sie allein wäre und über den

Fluß schwimmen wollte, würde es auch ohne Mitleid gehen.

Die Kleine überkam eine Ruhe, als wolle sie in einen Schlaf sinken, sie verlor beinahe die Kraft aus ihren steifen Beinen, die sie, so fest sie konnte, gegen die Bordwand stemmte, um sich zu retten, aber sie wollte sich auch über den Rand des Bootes in den Fluß ziehen lassen, zu der Stute, die sie ohne Umschweife auf den Rücken nähme, und dann würden sie lange, lange durch Dunkelheit und Kälte schwimmen, Tag und Nacht, bis sie eines Morgens in der Helligkeit eines neuen Tages aufwachten, und sie säße noch immer auf ihrem Rücken, und sie befänden sich nun draußen auf dem endlosen Meer und lösten sich auf in seinen Wellen und der Sonnenglut.

Doch da hatten sie das ruhige Wasser am anderen Ufer erreicht. Der Bauer sprang sofort aus dem Kahn und zog ihn auf den Sand. Die Stute stieg glänzend und seltsam schön aus dem Fluß, und er nahm ihr das Zaumzeug ab. Sie schüttelte sich, das Wasser spritzte nach allen Seiten, und sie verlor die Schönheit des Glanzes. Sie blickte nicht einmal über den Fluß zu ihrer Heimat hinüber, sondern trottete schwerfällig davon und hatte ihr verborgenes Wesen, ihre Schönheit, das Verlangen danach, aus eigenem Antrieb zu sterben, verloren und war wieder zu einem gewöhnlichen, braven Packpferd geworden. So zuckelte sie an der Einzäunung der Hauswiesen entlang zu den anderen Pferden zurück, als ob nichts geschehen und sie nie ausgerissen wäre.

Na ja, du kannst für den Rest des Tages freihaben, sagte er. Morgen bricht der größte Tag des Sommers an.

Das kleine Mädchen blieb noch eine Weile am Ufer, um sich dort die Zeit zu vertreiben und nachzudenken.

22.

Sie waren als einigermaßen geordnete Gruppe an den Ufern entlanggeritten, den Ufern des großen Stroms und zweier kleinerer Flüsse, und schließlich über das Ufer des Flusses, der in großem Bogen am Berg vorbeifloß. Unterwegs kamen sie an der neuen Halle vorbei, wo die Pferde zugeritten wurden. Auf der Wiese davor ritt das deutsche Mädchen gerade ein Pferd zu. Die Kinder hätten gerne zugeschaut, um zu sehen, wie sie das machte, aber die Tochter befahl ihnen, bei der Gruppe zu bleiben.

Heute sind wir unterwegs zum Berg, und nicht, um zu sehen, wie Pferde zugeritten werden, sagte sie und fügte hinzu, daß es keinen Sinn hätte, zur Halle hinunterzugehen, man brauche viel Zeit, um ein Pferd zuzureiten.

Auf der Wiese bei dem deutschen Mädchen stand ein junger Mann, der mit den Pferden beschäftigt war. Als sie auf dem Weg anhielten, blickte er zufällig auf, bemerkte die Reiter und musterte sie einen Augenblick lang. Dann legte er einem der Pferde Zaumzeug an und ritt über das Geröllfeld zwischen der Wiese an der Halle und dem Flußufer; das war eine ziemliche Entfernung.

Er grüßte schon, bevor er sie erreichte. Die Kleine erkannte ihn sofort: Es war der, den sie auf dem Bezirkstreffen in Begleitung des deutschen Mädchens gesehen hatte, und der den Gruß der Tochter auf so merkwürdige Weise aufgenommen hatte, daß es ihr unvergeßlich war, wie er lässig die Hand hin und her bewegte, so tat, als ob er den Gruß auffinge, und ihn mit der Hand umschloß.

Sie begrüßten sich jetzt anders, zurückhaltender, aber er war sehr freundlich zu den Kindern.

Tja, dann geht dieser Sommer also bald zu Ende, wenn ihr schon wieder hier seid.

Dann ritten sie nebeneinander am Flußufer entlang, bis sie zu einem Wohnhaus kamen. Es war nicht groß, zweistöckig, und das Auffällige daran war, daß es schlecht instand gehalten wurde, das Wellblech, mit dem es verkleidet war, war an vielen Stellen rostig. Es war ein Holzhaus, und es gab nicht viele Holzhäuser auf dem Land. Die meisten Häuser waren heutzutage aus Stein. Der Hof machte nicht den Eindruck, als ob hier ein gewöhnlicher Bauer wohnte, vielleicht sah man das an der Verwahrlosung, daß er den Mut hatte, das Haus nicht instand zu halten und immer noch in einem solchen alten Kasten zu wohnen.

Sie wurden von einem älteren Mann empfangen. Er war ziemlich stämmig gebaut, nicht groß, und hatte einen Schnurrbart und sehr große, braune Augen. Seine Stimme war ziemlich hoch, aber nicht dünn. Statt zu grüßen, sprach er mit den Kindern, als ob sie schon immer auf dem Hof gewesen seien.

Sagt Papa guten Tag, sagte der junge Mann.

Die Kinder begrüßten ihn, und die Kleine sah, daß der Mann eigentlich zu alt war, um einen jungen Sohn zu haben, der im gleichen Alter war wie die Tochter. Der Mann ging mit seinem Sohn um wie jemand, der schon ziemlich alt ist, wenn er Vater wird, und Kinder hat mit einer Frau, die viel jünger ist als er. Es war, als ob der Sohn sein Enkel sei, oder nur der Sohn der Mutter. Und seine Geburt war offensichtlich ein erwünschter Zufall gewesen, an den er kaum zu glauben gewagt hatte, ganz zu schweigen davon, daß dieser Zufall inzwischen ein erwachsener Mensch geworden war. Der Tochter gegenüber war er sehr freundlich. Sie schien viel eher seine Tochter zu sein, als der Sohn sein Sohn.

Aus dem Haus kam eine Frau mittleren Alters. Sie sagte zu den Kindern, sie sollten die Pferde hinter die Umzäunung führen, dann begrüßte sie ohne viel Aufhebens die Tochter. Das Gesicht des Mannes bekam einen Ausdruck von Stolz, als er sie sah. Es war nicht zu verkennen, daß sie die Ehefrau und Hausmutter war. Bevor sie sie einlud, mit hineinzugehen, wollte sie ihnen ein paar Blumen zeigen. Die Tochter sah sie ohne Interesse an. Sie hatte nichts für Blumen übrig, und ihr war es gleich, ob es schwierig gewesen war, sie an diesem Ort wachsen zu lassen. Die Frau freute sich deshalb nicht weniger. Der Mann freute sich auch über die Blumen, weil sich seine junge Frau darüber freute.

Die Tochter sagte zu den Kindern, sie sollten draußen bleiben, man werde sie zum Kaffee rufen.

Ja, spielt solange draußen, sagte die Frau.

Dann gingen die Erwachsenen hinein.

Alles war dort irgendwie planmäßig verwahrlost, aber trotzdem mit einer gewissen Klugheit angeordnet, auch die Nebengebäude und die Zäune. Nichts war schön außer den Zierpflanzen, die nicht einmal in einem Garten, sondern an der Hauswand wuchsen. Die Kleine konnte das nicht verstehen, sie hatte gehört, daß die Leute mit Respekt von diesem Hof sprachen, aber als sie das Wohnhaus sah, fand sie es nicht beeindruckend. Nur der Mann flößte ihr eine gewisse Ehrfurcht ein, doch sie wußte nicht, weshalb.

Die Kinder liefen umher. Sie rannte auch herum und konnte sich nicht darüber klarwerden, ob sie allein oder mit den anderen Kindern auf den Berg gehen sollte. Sie kletterten auf ein paar Hügeln herum, aus denen Felsnasen hervorstanden, aber sie wurde des Spiels bald müde.

Der Berg wirkte dort nicht so groß und majestätisch wie von dem Hof aus, auf dem sie war. Die Hänge waren ganz gewöhnliche Hänge, mit Gras bewachsen und nicht sehr steil. Sie sah nicht einmal auf ihn hinauf, nicht einmal den Gipfel. Die Sonne schien. Sie lag eine Weile in einer Senke an einem der Hügel, dann ging sie zum Hof zurück und beschloß, nicht auf den Berg zu gehen. Der Mann war jetzt wieder herausgekommen, aber so mit sich selbst beschäftigt, daß er sie nicht bemerkte; oder es interessierte ihn nicht, daß sie kam.

Im Gang führte eine steile Treppe ins obere Stockwerk. In der Küche sprach die Frau in hausmütterlichem Ton. Man hörte, daß die anderen Kaffee tranken.

Ja, nehmt euch etwas, bevor ich die anderen rufe, sagte die Frau.

Die Kleine wagte nicht, in die Küche hineinzugehen, denn sie glaubte, sie würde stören. Die Leute konnten sie nicht sehen, deshalb beschloß sie, das Haus näher in Augenschein zu nehmen und ins obere Stockwerk hinaufzugehen. Sie rechnete damit, daß die Treppe knarrte, zog die Schuhe aus und schlich langsam hinauf. Die Stufen knarrten, aber die Leute waren es sicher gewöhnt, daß man es im Haus leise knarren hörte, deshalb fiel es nicht auf. Die Frau in der Küche sprach genauso laut weiter, die anderen sagten nichts, hörten aber sicher eher ihr zu, als daß sie auf das Knarren der Treppe lauschten.

Als sie hinaufkam, war da am Ende der Treppe ein kleiner Gang mit vier halboffenen Türen. Sie ging der Reihe nach in die Zimmer hinein; im ersten war nur altes Zeug, im zweiten ein großes, altmodisches Bett, das nicht gemacht war. Dort lag alles kunterbunt durcheinander, und überall waren Bücher. In der Mitte des dritten Zimmers stand ein großer Tisch mit einem Computer, der nicht zu der Umgebung paßte. Auf dem Bildschirm war ein Text. Sie sah ihn an, konnte ihn aber nicht verstehen. Dies war ein ziemlich kleines, helles Zimmer, mit einem bequemen Sessel und einer Topfpflanze auf einem eigenen Tisch. Sie ging in das vierte und größte Zimmer hinein. Dort war es halb dunkel. Als sie nach rechts blickte, sah sie, daß dort eine Frau saß, sie saß auf einem Stuhl neben einem Bett, das auch nicht gemacht war. Alles war altertümlich, und das Bett war voller Daunendecken. Das war ein Zimmer, in dem man aus irgendwelchen Gründen nichts berühren durfte. Es war unmöglich zu sehen, wie alt die Frau war, aber wahrscheinlich war sie steinalt, auch wenn man es dem glatten Gesicht nicht ansehen konnte. Sie hielt einen großen schwarzen Kamm in der Hand und betrachtete ihn auf ihrem Schoß. Als sie aufblickte und die Kleine sah, streckte sie unwillkürlich ihre Hände mit dem Kamm nach ihr aus. Die Kleine wich zurück, nicht aus Angst vor der Frau, sondern weil sie sich an die Worte ihrer Mutter erinnerte: Nimm dich auf dem Land vor Kämmen in acht; als ich dort war, konnte man Läuse davon bekommen.

Sie wußte, daß das Unsinn war, wich aber trotzdem ein paar Schritte zurück. Das Licht fiel durch ein großes Fenster herein, aber das Glas in ihm war alt, und deshalb war das Licht gedämpft. Die alte Frau streckte ihr wieder den Kamm entgegen, ohne ein Wort zu sagen. Dann fuhr sie sich selbst durchs Haar, doch das kleine Mädchen bewegte sich nicht. Das Lächeln der Frau war still und freundlich. Nach dem Aussehen zu urteilen, konnte sie die Mutter des Mannes, die Großmutter des jungen Burschen sein. Sie hatte auch braune Augen, die aber auffälliger eingerahmt waren als die von Vater und Sohn. Sie hob wieder den Kamm. Da hörte die Kleine, daß die Frau unten zur Haustür gegangen sein mußte, denn sie rief die Kinder zum Kaffee. Sie konnte auch die Tochter hören und den jungen Mann, der sagte:

Wir gehen dann hinaus, solange die Kinder futtern.

Aber plötzlich war es klar, daß sie die Treppe heraufgekommen waren. Man hatte sie wegen des Lärms, den die Kinder machten, nicht kommen hören.

Die Frau hielt den Arm mit dem Kamm an, als wolle sie ihren Schritten lauschen, ob sie zu ihr hereinkämen oder in ein anderes Zimmer gingen, und in welches. Doch die Schritte kamen nicht näher. Der junge Mann flüsterte:

Das macht nichts, sie ist in einer anderen Welt.

Die Kleine bekam Herzklopfen. Alles wurde seltsam still um sie herum. Sie schlich sich zur Tür des Zimmers und spähte auf den Gang hinaus. Die Tür zum Zimmer mit dem Bett war jetzt geschlossen. Sie ging auf Zehenspitzen hin, spitzte die Ohren und hörte, daß der Junge sagte:

Ich habe dich so sehr vermißt.

Die Worte wurden in jenem heißen Ton des Kummers und des Schmerzes gesagt, der jenseits von Kummer, Schmerz und Tränen liegt. Die Kleine spürte selbst den Strom, und die Luft um sie herum wurde brennend heiß. Vom Hofplatz draußen hörte man den Lärm von Sattelgurten oder Eisen. Der Mann kam herein und sagte etwas zu der Frau, und sie antwortete:

Sie sind hinausgegangen.

Der junge Bursche wiederholte den Satz auf dieselbe Weise, doch die Tochter sagte nichts; sie schwieg. Dann hörte man, daß sie sich an ihren Kleidern zu schaffen machte. Da sagte er:

Jetzt nicht; ich bin zu aufgeregt, und dann mißlingt es nur.

Das ist mir gleich, sagte sie.

Der junge Mann flüsterte wieder etwas und erhitzte die Luft mit Worten, so daß die Kleine wieder in das Zimmer zu der alten Frau zurückwich. Sobald die sie sah, hob sie den großen Kamm. Die Kleine wollte zu ihr hingehen und schauen, was sie wollte, aber sie tat es nicht.

Willst du mich kämmen? flüsterte sie.

Die Frau gab keine Antwort. Die Kleine stand ruhig da und sah sie an, und die Frau legte den Kamm auf ihren Schoß und betrachtete sie genau. Das Mädchen schlüpfte wieder auf den Gang hinaus und horchte an der Tür. Das Flüstern hatte aufgehört, jetzt wurde leise gesprochen, wie es getan wird, wenn das bereits geschehen ist, was man heimlich tut. Da es gerade erst geschehen ist und man nicht weiß, ob es jemand bemerkt hat, spricht man vorsichtshalber leise, dann bekommen die Stimmen der Schuldigen ihren natürlichen Klang, und nachdem sicher ist, daß niemand etwas gehört hat, wird unnatürlich laut gesprochen, um einem möglichen Zeugen gegenüber deutlich zu machen, daß überhaupt nichts geschehen ist, auch wenn dieser vielleicht etwas anderes glaubt. Die Kleine hatte etwas Ähnliches schon bei ihren Eltern gehört.

Diesmal führte die Tochter das Wort, und der junge Mann schwieg.

Die Kleine wußte nicht, worüber sie sprachen. Ihr fehlte der Zusammenhang; sie war zu lange bei der alten Frau im Zimmer gewesen, so daß sie Gelegenheit hatten, das zu tun, was ihr dann in ihrer Phantasie besser vorkam, als wenn sie es gehört oder gesehen oder selbst mit einem anderen nachgemacht hätte, denn schließlich war sie noch ein Kind.

Jetzt hör einmal zu, sagte die Tochter... Nein, nicht schon wieder... Ich habe hier etwas von ihm...

Nein..., flüsterte der junge Mann. Nicht jetzt...

Doch, hör zu, sagte die Tochter bestimmt. Seine Worte sind besser als das, was du zu bieten hast... sie erreichen einen besser als dieses... Sie verstummte... Es verging eine ganze Weile... Dann hörte es sich an, als ob sie lächelte und gleichzeitig tief durch die Nase atmete... Nein...

Vielleicht, sagte er, aber trotzdem ist die Zeit das Beste daran, und wie lange man durchhält...

Ich finde, daß man sterben könnte für einen solchen Satz, sagte sie. Aber dann stirbt nicht der, der sterben könnte und wollte, sondern der andere, der leben will für seine Worte und für sie...

Der junge Mann sagte nichts. Man hörte das Rascheln von Kleidern, und sie sprachen in natürlichem Ton.

Schau her, sagte sie. Hör dir nur das an. Dann war es, als ob sie vorläse:

»Weniges ist besser, als wenn eine Hand den Körper berührt, vor allem die Hand eines Fremden, und du spürst, daß die Hand schon immer an dieser Stelle zu Hause war..., dort, wo sie dich berührt... Das ist nicht die Hand, die besitzt. Das ist auch nicht die Hand, die nimmt. Das ist die Hand vom Anbeginn der Zeit...«

Das kleine Mädchen erstarrte.

Keiner der beiden sagte etwas.

Und was meinst du? fragte die Tochter.

Ja, aber das trifft nicht für die Liebe zu, sagte er, nicht für die körperliche ... und auch nicht für die geistige.

Sondern?

Weder die Liebe zu dir, noch zu irgendeinem anderen Lebewesen; das ist die Liebe zum Tod.

Die Tochter verstummte. Aus dem Zimmer hörte man keinen Laut. Die Kleine fuhr zusammen; sie bekam Angst und lief schnell die Treppe hinunter. Die Frau trat aus der Küche auf den Gang und sagte:

Ach, warst du droben?

Die Kleine ging langsam an ihr vorbei. Sie war bemüht, sich nichts anmerken zu lassen.

Möchtest du nicht etwas trinken mit den andern?

Sie antwortete nicht. Etwas machte sich in ihrem Gedächtnis bemerkbar, und sie schlenderte über die Hauswiese, ging durch das Tor, und ohne daß sie einen Entschluß fassen würde, hatte sie angefangen, auf den Berg zu steigen.

23.

Das erste Stück trug der Eifer sie aufwärts, vorbei an den Hügeln, die aus dem Berg herausstanden, bekrönt von Felsspitzen aus losem Gestein, das allmählich aus ihnen herab in den grasbewachsenen Abhang zu fallen schien. Die Felsspitzen ähnelten großen, schwarzen Warzen am Körper des Berges. Sie machte einen Bogen um sie und ging weiter, obwohl sie nicht genau wußte, ob die Richtung stimmte, denn sie war noch nie hinaufgestiegen und wußte nicht, ob es einen besonderen Weg den Hang hinauf gab, doch sie hoffte, daß sie den Gipfel erreichen würde, wenn sie immer geradeaus ging. Sie beschloß, sich nie umzudrehen, nicht etwa deshalb, weil sie abergläubisch gewesen wäre und geglaubt hätte, sie würde zu Stein, sondern weil sie ahnte, daß die Landschaft dort unten von oben am Hang aus gesehen so schön war, daß sie sich damit begnügen würde, sie im Sonnenschein zu betrachten.

Es war heiß, und sie geriet ein wenig außer Atem vom Gehen, sie trug warme Kleider, denn schließlich wollten sie den ganzen Tag mit den Pferden unterwegs sein, und es war zu erwarten, daß es gegen Abend, wenn die Sonne nicht mehr so hoch am Himmel stand, kühler würde, und daß einen beim Reiten der Wind frösteln machte. Sie zog ihre Jacke aus. Es war angenehm, auf dem Gras zu gehen, und sie wunderte sich darüber, daß es noch so saftig war, daß hier alles so üppig wuchs, obwohl dies ein Nordhang war, der im Winter sicher unter scharfen, kalten Winden zu leiden hatte. Vereinzelt gab es allerdings auch erodierte Flächen, wo man die braune Erde und den steinigen Untergrund sehen konnte. Sie bemühte sich, um diese Stellen einen Bogen zu machen, nachdem sie einmal versucht hatte, einen solchen unbewachsenen Abschnitt zu überqueren. Es blieb soviel Erde an den Schuhsohlen hängen, daß es ihr beim Gehen hinderlich war, und sie brauchte lange dazu, die Klumpen unter den Absätzen wegzukratzen, tat es aber, weil sonst die Schuhe zu rutschig waren zum Gehen im Gras.

Jetzt war sie schon so weit hinaufgelangt, daß sie ein klein wenig Höhenangst verspürte, nicht in Wirklichkeit, sondern wenn sie sich vorstellte, daß sie sich umdrehte und hinunterschaute und sah, daß sie schon in schwindelerregender Höhe war. Das bereitete ihr Freude.

Sie war schon so lange gegangen, daß sie glaubte, sie werde bald ganz oben sein. Aber dem war nicht so. Sie ging noch eine ganze Weile und wollte schon aufgeben, sich hinsetzen und ausruhen, doch die Luft um sie herum war jetzt leicht und dünn und ließ erkennen, daß der Tag zur Neige ging, und wenn sie sich hinsetzte, würde sie nicht wieder aufstehen und würde einschlafen und weder auf den Gipfel hinaufgelangen, noch wieder hinunter. Bei diesem Gedanken schauderte sie, aber der Schauder trieb sie weiter.

Plötzlich hörte das Gras fast ganz auf, an seine Stelle trat hellgrünes Moos, und schließlich gab es nur noch Sand und Steine und keine Pflanzen mehr. Nun kam sie in eine Zone mit Bodennebel, der grau über die Erde kroch und die Steine berührte. So ging sie eine Zeitlang und dachte bei sich, daß dies sicher der Nebel war, der sich oft um den Berg legte, ein klein wenig unterhalb des Gipfels, und wie eine Dampfsäule an der Stirn des Berges herausstand und dann im Bogen in den nächsten Fluß hinuntersank; da wußte sie, daß sie bald aus dem Nebel herauskommen mußte, und daß dann der sonnige Gipfel zu sehen war. Aber als sich der Nebel lichtete und die letzten grauen Fetzen sich von ihren Füßen lösten und sie damit rechnete, den Gipfel zu sehen, sah man nur eine gewölbte Sandfläche.

Der Berg war nicht mehr so steil wie zuvor, außerdem kam sie leichter vorwärts, weil der Rückenwind, der zuerst wie ein sanfter Hauch und dann wie eine frische Brise geweht hatte, jetzt zu einem starken Luftstrom geworden war, der sie vorwärts trieb. Er packte sie buchstäblich von hinten und schob sie über das öde Gelände.

Schließlich glaubte sie, daß sie jetzt ganz oben auf dem Berg angekommen sei, obwohl sie keinen Gipfel sah. Es gab wieder spärliche Vegetation, und der kräftige Wind zerrte an den niedrigen Pflanzen. Allmählich ließ der Wind nach, dann herrschte völlige Windstille. Beklommenheit überkam sie. Sie spürte ihre Müdigkeit, als der Wind ihr nicht mehr beim Gehen half, doch sie wollte sich nicht hinsetzen. Sie wußte, daß sie allein war, niemand ahnte, wohin sie gegangen war, wenn ihr etwas zustieß, mußte sie sich selbst helfen oder sie würde sterben, ganz allein und ohne Hilfe von anderen. Während sie mit wunden Füßen weiterstolperte, hoffte sie, bald den See zu sehen. Er mußte irgendwo sein, auch wenn es schwer zu glauben war, daß oben auf einem Berg ein See war. Das Gelände fiel nun nach Süden hin ab, sie merkte deutlich, daß sie wieder auf dem Weg nach unten war, und sie ging lange, aber der See war nirgends zu sehen. In ihren Augen war der Berg endlos, denn es kamen immer neue Erhebungen und Anhöhen, und er schien droben im Himmel zu schweben, so hoch ragte er auf. Die Erde unterhalb davon, auf der anderen Seite des Berges, konnte man nur undeutlich und weit weg im Sonnendunst sehen. Irgendwo dort draußen in endloser Ferne bin ich zu Hause, dachte sie und versuchte, das Unsichtbare zu erspähen, sah aber nur Landschaft, Berge und glitzernde Flüsse, die sie nicht kannte. Alles war ihr seltsam fern.

Sie ging jetzt auf Moospolstern mit vereinzelten Krähenbeerenpflanzen, es waren aber keine Beeren daran. Es war nichts Lebendiges um sie herum, kein Vogel, kein Tier. Die Welt war ganz allein in weiter Ferne, nicht schön und auch nicht häßlich. Sie hatte Lust, sich ins Moos zu werfen und von der Weite erdrücken zu lassen, aber dann fiel ihr ein, daß sie irgendwo auf den Knecht treffen müßte, er würde als Toter über die Moospolster zu ihr kommen, doch er tat es nicht. Es kam niemand, obwohl sie versuchte, ihn dazu zu bringen, mit seinen Tagebüchern neben sie zu treten und zu sagen:

Endlich bist du gekommen ...

Man hörte keinen Laut, keine menschliche Stimme, und da dachte sie folgendes: Es kann nicht sein, daß es auf allen Bergen hier in der Gegend solche Seen gibt.

Sie blickte sich um und sah die Berge, die verschieden hoch waren, und dachte weiter: Es stimmt nicht, daß es zwischen ihnen tief unten in der Erde geheime Gänge gibt, durch die sie miteinander verbunden sind. Wenn es auf ihnen irgendwelche Seen gibt, dann liegen sie sicher allein, jeder für sich auf seinem Berg, denn so sind die Seen, auch die unten, wo die Menschen wohnen.

Doch da sah sie vor sich etwas. Sie hatte den Rand einer kleinen Anhöhe erreicht und konnte nicht nur die Landschaft am Fuß des Berges erkennen, weil die Sonne so schien, sondern erblickte auch vor sich eine große ebene Fläche, auf der etwas zu sehen war, das einem See glich.

Furcht packte sie, und sie wurde ganz starr, aber die Neugier trieb sie weiter den Hang hinunter, und dann wurde es immer deutlicher, es war ein ziemlich großer See, graublau und voller Wasserpflanzen, die aus der Entfernung wie Tang aussahen, doch keiner sein konnten, so weit weg vom Meer und ganz oben auf einem Berg, es sei denn, das Salzwasser würde durch einen Gang, der bis zum Meer reichte, herfließen.

Wenn ich in den See springe, werde ich vielleicht hinabgezogen in den Gang hinein, ich bin lange im Innern der Erde unterwegs, und dann tauche ich wieder auf an die Oberfläche und sehe ... daß ich zu Hause angekommen bin.

Dann hörte sie ein Schaf blöken. Sie blickte zum See hinunter und sah, daß dort ein Schaf mit einem Lamm stand. Es stand draußen auf einer Art Halbinsel, die mit hohem Gras oder Binsen bewachsen war und in den See hinausragte. Zuerst wollte sie zu dem Schaf hingehen, aber die Furcht hielt sie zurück. Sie wollte sich nicht in die Nähe des Sees wagen.

Die Sonne schien, und es war friedlich in der Stille. Nie hatte sie solchen Frieden empfunden wie in dieser schrecklichen Windstille. Sie befand sich in einer anderen Welt, in der die Pflanzen herrschten, der See, harte Gewächse, die Stille und außerdem dieses Schaf, das sein Lamm bei sich hatte. Das ging sogar näher an seine Mutter heran, und sie beschnupperte es und merkte, daß der Geruch sehr gut war: es gehörte ihr.

Die Kleine ging vorsichtig den grasbewachsenen Hang hinunter, immer die Augen auf das Schaf gerichtet, damit es nicht verschwand wie eine Fata Morgana. Sie näherte sich dem See. Jetzt konnte sie die Pflanzen und die Stille besser erkennen. Das Lamm stand ruhig und sicher bei seiner Mutter, die sich über etwas im Gras beugte und mit den Hörnern danach stieß. Es sah aus, als rollte sie einen grauen, schmutzigen Wollbausch vor sich her.

Was ist das? dachte die Kleine.

Da hörte sie ein fürchterliches Rauschen. Sie wußte nicht, woher das Brausen kam. Es kam wie ein schwerer Sturm aus allen Richtungen. Dann sah sie über sich einen großen Schatten. Und im selben Augenblick stürzte sich ein schneeweißer Schwan auf das Schaf. Das geschah urplötzlich. Der Vogel breitete seine Flügel über die ganze Welt und schlug heftig mit ihnen, wobei er den Hals verdrehte und sich in der Luft hin und her wand. Mit ungeheurer Wucht traf der Schlag des Flügels das Schaf, das hilflos auf die Seite fiel. Das Lamm wollte zu seiner Mutter laufen, doch da kam wieder der Schwan mit lautem Flügelschlag herangesaust und schlug es so kräftig, daß es weit ins Wasser hinausgeschleudert wurde. Da hatte sich das Schaf wieder aufgerappelt und lief davon.

Gelähmt vor Schreck setzte sich die Kleine hin, stand jedoch gleich wieder auf. Sie sah, wie das Lamm im Wasser mit allen vieren um sich schlug, ohne vom Fleck zu kommen. Das Schaf lief aufgeregt hin und her, blökte aber nicht. Der Kleinen kam der Gedanke, zum See hinunterzulaufen, um das Lamm zu retten, doch dann sah sie, daß die Wolle es nach unten zog und die Wasserpflanzen sich um es wickelten; sie würde es nie retten können.

Der Schwan hatte sich hingesetzt. Er hob die Flügel hoch im Bogen und näherte sich dem, was sie für einen Wollbausch gehalten hatte. Jetzt sah sie, daß sie sich getäuscht hatte, es war das halbflügge Junge des Schwans, das dort zwischen den Binsen saß. Der Schwan hielt die Flügel lange ausgebreitet und sah sich nach allen Seiten um, nicht als ob er Angst habe und den Angriff des Schafes fürchte, sondern die erhobenen Flügel waren ein Siegeszeichen: Der See gehörte ihm.

Nun flog der Schwan wieder auf. Sie warf sich hin und spürte den Luftzug über sich und erwartete, daß der Schwan sie mit seinen starken Flügeln in die Höhe fegen und hinaus zum Lamm ins Wasser schleudern würde, und sie könnte nicht an Land schwimmen und sich retten, weil sich die Wasserpflanzen um sie winden würden, und sie würde ertrinken. Sie schloß die Augen. Sie wartete. Das Sausen entfernte sich, und wieder herrschte Windstille und völlige Ruhe. Man hörte nichts. Sie blickte auf und sah, daß die Sonne schien. Der Schwan war nirgends zu sehen. Am Fuß des Berges glitzerte die Landschaft im klaren Licht des Spätnachmittags.

Es wird bald Abend, dachte sie und machte sich auf den Rückweg. Sie konnte fast ihre Spuren im eingedrückten Moos zurückverfolgen. Wenn ich geradeaus gehe, immer in dieselbe Richtung, dann komme ich hinunter.

So ging sie weiter. Um sie herum war noch immer Windstille und Ruhe, völlige Windstille, doch dann spürte sie eine schwache Brise. Sie ging ihr entgegen, weiter, immer weiter, und die Brise wurde stärker und entwickelte sich zu einem kräftigen Wind. Jetzt konnte sie über den Berg hinunterschauen. Die Gegend lag in Sonne gebadet, das Licht war viel klarer als auf der anderen Seite des Berges. Sie rechnete noch immer damit, daß über ihr ein Schatten auftauchte, daß der Schwan sich herunterstürzen und sie mit den Flügeln in die Tiefe stoßen könnte. Aber ihre Füße trugen sie. Sie waren müde, aber sie brachten sie vorwärts. Nun sah sie auf das Flachland hinunter wie von oben in einen Abgrund. Sie sah den grauen Nebelring ein klein wenig unterhalb von sich und hielt auf ihn zu. Der Wind kam ihr entgegen. Er strömte herauf wie ein reißender Fluß. Er wollte sie zurückwerfen, über die Bergkante und in den See hinein, doch der Abhang war steil, und die Füße spürten das und überwanden ihre Müdigkeit. Sie wußte, daß sie ans Ziel kommen würde, auch wenn sie erschöpft war. Deshalb breitete sie die Arme aus. Der Wind hob ihr Kleid hoch; die Kälte umschloß ihren nackten Körper. Sie erhob sich in die Luft, sie spürte, daß sie vorwärtsflog, sich zum Nebelring hinabstürzte und spielend leicht durch ihn hindurchschlüpfte. Da sah sie alles auf einen Blick: die Weite, das Haus am Fuß des Berges, und daß alle Pferde außer dem Pferd der Tochter verschwunden waren. Und sie sah auch etwas, das sie nicht verstehen konnte: Sie sah den schneeweißen Schwan, der vorausflog und ihr den Weg zu weisen schien.